AF131267

Au bout du chemin

Théophile Touali

Au bout du chemin
Roman

Édition : BoD - Books on Demand, info@bod.fr
Impression : BoD – Books on Demand,
In de Tarpen 42, Norderstedt (Allemagne)
Impression à la demande
Dépôt légal : Août 2023

© 2023, Théophile Touali

ISBN : 978-2-3222-3553-7

Dédicace

À Maman,
Aujourd'hui encore, j'admire ton amour
inconditionnel.
Cet ouvrage, je te le dédie pour t'exprimer combien je
te porte dans mon cœur. Et même si je ne te le dis pas si
souvent, je t'aime indéfiniment.

Remerciements

Cet autre bout du chemin n'aurait pas été possible sans vous. Je pense tout particulièrement à mes fidèles lecteurs des premières heures, Jean Gustave Glé Dion, Jusleine Gnamien, Sonia Kouadio, Urbain N'gomsa. Je nous revois lisant avec passion les brouillons de mes manuscrits dans cette chambre du Terminus 40. Vous pouvez être fiers, votre auteur est désormais lu partout.

Grand merci à la prodigieuse Reine Poulain pour son aide précieuse.

Placide Roméo et Fanny Abdoulaye, je sais que nos heures de relectures et de corrections vous manquent énormément. Mille mercis à ma dynamique équipe de promotion, Tagnon Luc, Léa Touali, Ismaël Richard Zougouri, Brigitte Hien, Armel Ghislain, Fabrice Kanon, Olivier Gnazalé. J'avoue que je suis nostalgique de ces week-ends où nous allions, tous sapés, à la conquête du grand public.

Toute ma gratitude à Charles Moussy, Pascal Adou, Joël Kouamé. Gros bisous aux adorables jumelles Nomel Rose et Rosine.

Chers lecteurs, vous êtes pour moi une source d'inspiration intarissable. À très vite, je vous aime !

Chapitre 1

1/

Il y a deux ans, Prunelle Baya rencontrait Debasse à Londres à la conférence annuelle des institutions financières mondiales. Elle y séjournait avec son directeur général pour le compte d'une des plus importantes banques du continent. Mr Vergès, en les présentant l'un à l'autre ne tarit pas d'éloges à l'égard de son confrère. Il traça la presque totalité de son impressionnant cursus à sa directrice marketing. Elle-même ne sut comment se tenir quand il l'encensa à son tour. Debasse était séduit. Il mettait enfin un visage sur cette merveille que toutes les grandes institutions bancaires convoitaient.

Ce soir, elle provoqua une émeute. Miss Baya portait une petite robe moulante noire avec des manches longues évasées, un décolleté plongeant, une forme légèrement froncée et un dos nu super sexy. Prunelle adorait mettre ses formes en valeur dans de sublimes collections de robes moulantes qui n'en finissaient pas de la magnifier. Ce soir, c'était un régal de la contempler. Elle était belle comme un cœur.

Homme de belle prestance, Debasse, lui, portait à la perfection un smoking noir et blanc assorti d'un nœud papillon et d'une pochette. Il était très beau et symbolisait l'élégance au masculin.

Prunelle le dévorait du regard. Tous deux avaient succombé sur le champ sans échanger un traître mot. Seul le regard avait suffi. La magie de l'amour avait opéré sans tumulte. Discrète mais concrète. Imprévisible mais inévitable.

Le dîner-gala fut une vraie réussite. L'on nota le professionnalisme des organisateurs. Tout était parfait. Presque trop, sans une seule fausse note. Prunelle et Debasse ne cessaient d'échanger des regards qui les faisaient détourner les yeux et afficher un petit sourire au coin des lèvres.

Lors des distinctions, Debasse glana le prix de la meilleure institution financière du continent sous les ovations de ses pairs. Le maître de cérémonie vanta ses mérites tandis qu'il rejoignait le podium pour recevoir son prix. Ce fut un homme heureux et ému qui prit la parole.

Prunelle ne rata aucun mot de son allocution. Tout en lui respirait le prestige, le style, l'élégance, la classe et l'éloquence. Elle était séduite. Quelle femme ne rêverait pas d'être son épouse ? Il fallait ne pas le contempler encore moins l'écouter. Il était comme une sorte d'interdit, un panneau-stop qui aiguisait la curiosité, sa curiosité.

C'est sûrement cela qui la poussa à accepter son invitation à boire un dernier verre au bar de l'hôtel où ils logeaient.

— Je ne devrais pas être là, dit-elle comme une adolescente indécise. Il la dévisagea, fronça les sourcils et l'interrogea du regard.

— ... Vous êtes un concurrent, expliqua-t-elle, qui vient de gagner le prix que je convoitais pour ma banque et en plus de cela vous êtes un homme marié, la propriété privée d'une autre femme. Il lui décocha un sourire à faire fondre son cœur.

— J'ai apparemment tout d'un mauvais garçon. Je suis

vraiment désolé, fit-il avec un sourire.

— Ne le soyez pas. L'année prochaine, je vous damerai le pion.

— Je n'en doute pas. Vous êtes une perle rare.

— Dois-je vous remercier ? demanda-t-elle en l'interrogeant du regard. Il fit signe de la tête que non. Il était conquis. Ils échangèrent un regard complice.

En effet, Prunelle avait de quoi couper le souffle à n'importe qui. Sa grande beauté attirait immédiatement la sympathie et la convoitise des hommes, de tous les hommes. Debasse en faisait l'expérience. Tous deux ne virent pas le temps passer. Ils échangèrent à bâtons rompus durant plus d'une heure comme des adolescents. Ils passèrent en revue la semaine de la conférence. Ils admirent que ce fut de véritables moments d'échanges, de formations et de perfectionnements. Ils se racontèrent les à-côtés et les commentèrent avec beaucoup de joie et de bonheur.

Prunelle laissa fuser son rire perlé dans une totale innocence. Il ne la quittait pratiquement pas des yeux, elle paraissait le fasciner. Il la trouvait si belle et si sensuelle qu'il eut un déchirement au cœur quand elle décida de prendre congé de lui. Il se faisait tard. Il la raccompagna.

Prunelle referma tout doucement la porte de sa chambre d'hôtel. Elle se sentit envahie d'une sensation inexprimable et demeura songeuse et rêveuse au seuil de la chambre pendant une bonne dizaine de minutes.

— Si seulement il n'était pas marié..., regretta-t-elle avec une certaine amertume. Si seulement Debasse n'était pas marié, elle l'aurait certainement invité à entrer et à prendre un tout dernier verre avec elle à son balcon. La vue de Londres depuis cet emplacement n'en aurait-elle pas été des plus angéliques dans cette belle nuit ? Mais non ! Il était bel et bien lié. À son annulaire brillait diablement un diamant qui interdisait toute entreprise de séduction.

Prunelle se déshabilla et alla prendre son bain comme pour se débarrasser de toutes les pensées perverses et interdites qui l'avaient assaillie. Elle avait toujours procédé ainsi quand un fait la préoccupait ou la contrariait. Un bon bain l'avait toujours mise d'aplomb pour repartir de plus belle avec un esprit disposé à tout solutionner.

Cette fois, ce ne fut pas le cas. Elle était certaine de ne pas être tombée amoureuse de Debasse mais elle avait envie de se retrouver dans ses bras, de sentir ses caresses, de laisser le doux regard qu'il n'avait cessé de poser sur elle durant toute la soirée s'exprimer pleinement à travers des mots qu'il lui chuchoterait au creux de l'oreille. Elle savait qu'il avait envie d'elle. Elle pouvait lire dans son regard le désir brûlant qui le consumait. Elle pouvait même le toucher....

Prunelle sentit soudainement une folle envie de faire l'amour avec lui. Il y avait bien longtemps qu'elle ne s'était pas envolée avec un homme. Aussi se demandait-elle pourquoi ne tenterait-elle pas ce coup d'un soir ? N'était-elle pas majeure et responsable de ses faits et gestes ? Que valait la vie sans quelques risques comme un plan cul sans lendemain, par exemple ? Une myriade d'interrogations muettes se succédaient dans sa tête.

Le crépitement de son téléphone portable la sortit de ses rêveries cochonnes.

La serviette nouée autour de la taille, elle courut décrocher. Elle écouta son patron lui parler pendant un quart d'heure ne répondant que par « Oui » et « Ok ».

— Tout va bien ou j'interromps quelque chose ? Demanda Vergès d'un ton soupçonneux. Elle éclata de rire.

— Bien sûr que non ! Tout va bien. J'étais juste en train de prendre mon bain. Qu'est-ce que vous allez imaginer Monsieur ?

— On ne sait jamais avec cette meute d'hommes qui n'ont d'yeux que pour toi... Il se pourrait qu'il y en ait un qui ait réussi à te faire fléchir, expliqua-t-il. Les éclats de rire de Prunelle redoublèrent.

— Ce n'est pas arrivé ! Hélas ! Je suis toute seule. Ils parlèrent encore quelques minutes et il coupa la communication. Elle raccrocha en riant. Sacré Vergès. Il donnerait tout pour qu'elle ait un amoureux. Il donnerait tout pour la caser. C'était un patron cool et un chic type avec qui elle s'entendait à merveille. Son appel était des plus salvateurs. Il avait réussi à la sortir de la grande excitation qui l'avait remplie. Elle était à nouveau lucide.

Debasse n'était pas un homme pour elle. Il était marié et elle ne devait pas coucher avec lui. Elle avait toujours eu cela en horreur.

Prunelle se mit au lit et alluma la télévision. C'était son meilleur somnifère.

2/

Debasse se mit au lit juste après sa douche. Il prenait son vol, en première classe, dans moins de sept heures pour Abidjan et il avait besoin de se reposer. Une longue semaine, bien remplie, s'achevait mais il pouvait être fier d'avoir hissé son entreprise à un aussi haut niveau. Il imaginait d'ailleurs la joie de ses collaborateurs, de ses employés, de ses partenaires et de ses clients. Ce trophée était le fruit de tous. Chacun y avait contribué. Quel accueil ce serait à son retour ! Debasse en avait le cœur qui s'emballait et rayonnait.

Par contre, c'était une lumière moins luisante que celle que produisait l'éblouissante Prunelle Baya sur son âme pécheresse. Avec elle, il oubliait tout et se sentait bien. Presque dans un univers surréaliste. Quelle femme superbe ! Quelle silhouette ! Elle était l'œuvre d'un artiste talentueux, méticuleux, inspiré et au sommet de son art. Elle était la plume de ces grands écrivains qu'on boit délicieusement de la première à la dernière page sans s'en rendre compte.

Prunelle lui plaisait énormément. Elle était la perfection. Le temps avec elle était un délice. C'était comme s'il avait passé sa vie entière à la chercher. En effet, Debasse avait apprécié la soirée en sa compagnie. Il ne parvenait pas à définir la paix que son âme ressentait en sa présence. Non ! Il ne comprenait pas le trouble de son cœur quand elle lui souriait, encore moins la décharge de sensations quand il croisait son regard.

Toutefois, l'homme était perdu, pris au piège du destin, car il n'ignorait pas que la jeune femme ne voudrait jamais d'une quelconque relation avec lui. Elle n'avait d'ailleurs pas arrêté de lui rappeler son mariage, comme un perroquet. Jamais, elle ne s'engagerait dans une telle aventure sans lendemain, sans un quelconque projet d'avenir, sans rien qui ne puisse alimenter le futur.

Debasse constatait amèrement que Prunelle était un rêve inaccessible, un caprice bestial, un désir passager, purement charnel dont il gagnerait à se débarrasser sans une minime résistance. C'était mieux ainsi ! Tous les deux étaient visiblement sur la même longueur d'onde...

Pourtant, de retour à Abidjan, ils n'avaient cessé d'échanger, de se voir, de déjeuner ou de dîner ensemble. Ils étaient devenus inséparables tels des siamois. Prunelle s'interdisait de tomber amoureuse de Debasse, cet homme marié, pourtant elle appréciait chacune de leur rencontre. Elle ne parvenait à décliner aucun des rendez-vous qu'il lui donnait. Elle en redemandait plutôt. Quand il gardait le silence, le temps d'une journée ou deux, Prunelle prenait elle-même les initiatives.

La jeune femme n'arrivait plus à se passer de lui. Toutes les occasions n'étaient que trop bonnes pour le dévorer des yeux. Chaque nouveau jour était une lutte constante qu'elle livrait contre les principes chers à son cœur. Elle aurait tout donné pour sortir de cette impasse, refouler ce sentiment coupable et interdit qui ne cessait de la lier inévitablement.

À maintes reprises, elle s'était fixé des ultimatums qu'elle n'osait respecter. Elle blâmait alors son cœur. Pourquoi permettait-il que Debasse devienne indispensable à sa vie ? Pourquoi, brûlait-il d'amour pour cet homme, propriété privée d'une autre femme ? La somme de réponses silencieuses fit réaliser à Prunelle qu'elle était prise au piège d'un sentiment stupide et effrayant. Elle, qui avait toujours choisi, maîtrisé, contrôlé et dompté les hommes de sa vie, elle découvrait le revers de la médaille.

En effet, la jeune femme avait perdu son assurance et vivait avec une peur quasi permanente. Elle était devenue vulnérable car elle savait que cet homme ne lui appartiendrait jamais. Pour rien au monde, il ne divorcerait d'avec sa femme.

Ne suffisait-il pas de voir l'éclat de son alliance pour comprendre l'amour fou qu'il lui vouait ?

Prunelle avait besoin que Debasse lui dise qu'il ne la désirait pas tout simplement. Elle avait envie d'entendre qu'il ne disparaîtrait pas après lui avoir fait l'amour. Mais Debasse ne se dévoilait pas vraiment, lors de leurs nombreux rendez-vous. Il ne forçait ni n'exigeait rien. Il n'abordait pas véritablement la question.

Qu'attendait-il d'elle ? L'envie d'être éclairée sur cette question ne lui manquait pas. Elle la dévorait plutôt. Mais Prunelle faisait preuve de patience. Elle ne devait rien forcer au risque de le contrarier ou de passer pour une jeune femme facile. Elle se devait de contrôler ses sentiments, les canaliser même si cela devenait de plus en plus difficile.

Debasse aussi pensait irrésistiblement à Prunelle. C'était une femme magnifique qui le fascinait. S'il s'interdisait de lui déclarer son amour, le terme n'était même pas approprié, il ne réussissait pas à se passer d'elle. Peut-être même qu'il l'étouffait. En effet, l'homme ne pouvait s'empêcher de l'appeler, de lui envoyer des sms ou de lui donner des rendez-vous.

Depuis, leur retour à la capitale, ils avaient passé énormément de temps ensemble. Ces moments qu'ils s'accordaient ne cessaient de les rapprocher. Tous les deux imaginaient une possible liaison. Ils l'appelaient de tous leurs vœux, dans des prières secrètes, cachées au tréfonds de leur âme. Mais Debasse redoutait cette éventualité.

Homme à femmes durant les années lycée et sa vie estudiantine, il s'était calmé dès la rencontre de celle qui allait devenir sa femme. C'est fou comme Sandra avait réussi à l'apprivoiser. Jamais, il ne l'avait trompée. Pourtant, ce n'était pas les occasions ou les conquêtes qui manquaient. Il avait le pressentiment que son alliance attirait nombre de femmes mais Debasse s'était interdit toute débauche. Il en avait fait un onzième commandement qu'il honorait fièrement depuis toutes ces années.

Comment expliquer alors cet attachement subit à Prunelle ? Il n'y comprenait rien. L'envie de vivre pleinement cette histoire naissante le hantait, de jour comme de nuit. La sublime jeune femme occupait chacune de ses pensées et ses rêves les plus secrets.

L'air de rien, ils avaient réussi à ne plus vouloir se lâcher. Ils se retrouvaient presque tous les jours sous n'importe quels prétextes. Ils en profitaient pour se séduire sans se parler d'amour. Debasse ne pouvait dire à Prunelle qu'il l'aimait alors qu'il ne saurait définir la place qu'elle occuperait dans sa vie. Elle non plus ne pouvait lui déclarer sa flamme car elle avait toujours eu en horreur les hommes infidèles qui trompent leur compagne. Tous deux savaient être embarqués dans un imbroglio où les mots sonnaient faux, comme des sentences irréversibles.

Cette énième nuit, dînant dans ce restaurant huppé, assis l'un en face de l'autre, ils se tenaient par moment les mains, échangeaient en une fraction de seconde, un regard, une caresse, un sourire avant de se lâcher promptement. Il ne fallait surtout pas franchir les limites. Debasse s'interdisait de tromper sa femme Sandra et Prunelle attendait un homme qui ne vivrait que pour elle, l'aimerait, l'épouserait et lui ferait de beaux enfants.

Ils échangèrent un regard, un sourire et ils comprirent qu'il était temps de rentrer. Ils ne se firent pas prier. Il fallait ne prendre aucun risque. Debasse déposa rapidement la jeune femme à son appartement. C'était la meilleure chose à faire. Mais alors qu'il prenait congé d'elle, sur le pas de la porte, contre toute attente, Prunelle lui passa les bras autour du cou et lui souffla tout doucement à l'oreille :

« Ton intuition de toute la soirée est juste ! Sous ma robe, je ne porte pas de petite culotte ».

Il la fixa et le regard qu'ils échangèrent les convainquit de ce que c'était plus que jamais le moment. Ils se désiraient au-delà des mots. Il l'attira délicatement à lui et les yeux fermés, ils s'embrassèrent avec passion. Ils tremblaient tous deux comme des adolescents.

Puis elle le repoussa légèrement, comme pour provoquer son désir et laisser éclore cette brûlante envie qu'il faisait naître en elle.

Sans le quitter des yeux, elle ferma la porte, retira la petite robe légère qu'elle portait. L'excitation de Debasse monta d'un cran. Jamais, il ne lui avait été donné de contempler un corps aussi désirable sexuellement. En substance, comme elle le lui avait signifié, Prunelle ne portait ni petite culotte ni soutien-gorge. Il la rejoignit et la prit dans ses bras. Ils s'embrassèrent à nouveau passionnément tandis qu'elle le dénudait.

Jamais, ils n'oublieraient leur première fois, là sur le canapé. Debasse rentra, comblé par le souvenir d'une déesse amoureuse, envoûtante et entreprenante. Il se gara à son parking, la tête encore chargée des gémissements et autres hurlements enchanteurs de la sublime Prunelle. Quant à la jeune femme, elle dormit sur un nuage se remémorant les moindres détails de ce moment exceptionnel qu'elle venait de vivre enfin.

Chapitre 2

1/

Il est des vérités, qui, même étouffées, finissent par surgir avec une violence destructrice. Elles emportent alors tout sur leur passage comme une liaison dangereuse. Il est des vérités semblables à des torrents déchaînés qu'on ne peut humainement maîtriser. Elles se dévoilent, un matin, au moment où l'on s'y attend le moins et produisent une catastrophe aux dégâts irréversibles.

Kyle aimait Zoé. En secret. Cette vérité-là, son cœur la connaissait. Même le sang qui coulait dans ses veines l'attestait. Son âme en était témoin. Le regard qu'il posait sur elle en faisait un dessin. Les courbes exceptionnelles de la sublime jeune femme le secouaient et le déstabilisaient mais l'homme refusait de s'y conformer. Elle faisait tout tourbillonner en lui mais il réfutait être tombé amoureux. Kyle se sentait plutôt trahi lâchement par le battement de son propre cœur. Comment se permettait-il de trébucher de la sorte ? Comment entreprenait-il d'oublier toutes ces affreuses nuits et faire comme si elles n'avaient jamais existé ? Que faisait-il de la tonne de douleurs indicibles et muettes, entreposées amèrement dans les profondeurs de son âme ? Franchement, l'homme ne comprenait pas.

En cela, Kyle avait sa vérité. Il ne se permettrait pas d'aimer Zoé. Ce serait un suicide. Il se l'interdisait avec la dernière énergie. Son frêle cœur avait déjà fait l'expérience du chagrin, il avait frôlé la mort de ses propres yeux. Personne ne le lui avait raconté. La blessure était encore trop fraîche, trop ouverte, le souvenir omniprésent pour oser réessayer cette entreprise dangereuse.

Aussi résistait-il. Il veillait habilement pour ne pas se laisser dévorer par ce sentiment qui n'engendrait, au final, que de la souffrance. L'amour, c'était pire que marcher les yeux bandés sur l'une des voies de l'autoroute. Par chance, l'on pouvait esquiver quelques voitures mais l'irréparable n'était jamais loin. Nul au monde ne parviendrait à le convaincre du contraire.

Durant des mois donc, le jeune homme lutta, se raisonna, s'encouragea, pria. Mais le mensonge n'est rien d'autre, en réalité, qu'un château de cartes bien trop vulnérable pour résister à une vraie secousse. C'est un feu de paille. On aura beau l'attiser, il ne dure jamais longtemps.

En effet, Zoé constituait, au fil des jours, bien au-delà de son entendement et de ses espérances, l'essence de sa vie. Il en était fou amoureux. Elle avait réussi à franchir les barrières barbelées hyper sophistiquées avec lesquelles il s'était barricadé.

Aussi, depuis la baie vitrée de son bureau, discrètement, sans même le vouloir mais incapable de s'en empêcher, Kyle, le cœur frissonnant, observait l'éblouissante Zoé. Il en avait le corps qui vibrait. Quelle sensation ! Quelle stagiaire ! Tous les hommes de l'entreprise la désiraient. Tous ! Sans exception ! Depuis le vigile jusqu'au grand patron. Il suffisait de les voir la mâter, lui sourire, la saluer, pour comprendre qu'ils lui réservaient des projets non catholiques.

Depuis son siège, Kyle la regardait, épiait ses moindres faits et gestes quand elle était prise par le travail, lorsqu'elle appelait un client ou encore lorsqu'elle lui faisait un rapport de la tâche qu'il lui avait confiée. Dieu, qu'elle lui plaisait. Mais il luttait malgré lui, même si elle continuait d'occuper toutes ses pensées. Souvent, il se surprenait à la couvrir de regards remplis d'affection. Tous deux se troublaient et sans un mot, elle quittait précipitamment son bureau, la jambe cotonneuse.

2/

Un jour cependant, après une réunion de direction, Jérôme, le patron de l'entreprise retint tous ses directeurs pendant quelques minutes pour leur confier son envie de se faire la nouvelle stagiaire. Il leur interdisait ainsi de poser les yeux sur elle. Zoé était sa nouvelle proie. L'homme se donnait un délai de deux ou trois jours sinon une semaine maximum pour conclure l'affaire et passer à autre chose.

Kyle fut secoué par cette mise en garde. Il voyait là tous ses espoirs secrets tomber à l'eau. La jalousie le tiraillait, il ne pourrait jamais rivaliser avec Jérôme. Toutes les femmes l'adoraient et il ne se passait de jour sans qu'on ne l'aperçoive avec une nouvelle conquête. Elles étaient toutes semblables à sa pléthorique quantité de cravates. Elles étaient toutes sublimes, exceptionnelles mais il ne les portait pas plus d'une fois.

Kyle avait mal. Il ravala la boule dans sa gorge. La vérité le rattrapait. Aucun de ses chagrins ne l'avait rendu si malheureux, si triste et si désorienté. À son bureau, il pleura en imaginant Zoé, sa Zoé, dans les bras de cet homme à femmes, dans son lit et dans ses archives. Il avait parlé d'elle comme d'un vulgaire objet dont il ne se servirait uniquement que pour assouvir un fantasme. Ce n'était que cela, alors que lui l'aimait de tout son cœur.

Le soir même, Jérôme partit avec Zoé. Comme un animal en cage, Kyle tourna en rond dans son bureau. Il y passa la nuit à se torturer à mort, incapable, dans son état dépressif, d'en sortir, de prendre sa voiture et de rentrer chez lui. Imaginer l'être aimé dans les bras de son rival fut un cauchemar. Un millier de scénarios pervers traversa son esprit, augmentant ainsi son anxiété. Jamais, il n'avait cru son imagination dotée d'une telle créativité. Les scènes qu'elle lui présentait étaient d'une horreur effroyable.

Le lendemain matin, ni Zoé ni Jérôme ne vinrent au travail. De quoi confirmer les craintes de Kyle. Les tourtereaux étaient certainement en train de s'envoyer encore en l'air. Le jeune homme brûlait de jalousie. Elle lui avait rougi les yeux, comprimé le cœur et contracté les membres. Jamais, il n'oublierait ce jour.

Aux environs de 16 heures, n'en pouvant plus d'attendre, Kyle prit la résolution d'appeler Zoé, en sa qualité de responsable et maître de stage. Elle avait bien une explication à lui donner pour s'absenter du boulot. Mais la jeune femme ne répondit pas. Son téléphone était fermé. Kyle s'affaissa dans son fauteuil, se prit la tête entre les mains et pleura toutes les larmes de son cœur.

Puis, il se souvint que l'amour c'était dangereux. Une fois encore, il en avait la confirmation. Il ne devrait pas y songer. Seul le travail pouvait le rendre véritablement heureux et ne jamais le tromper. Il avait trop de projets. Il était temps de s'y consacrer, corps et âmes, pour les voir se concrétiser.

Alors qu'il s'apprêtait à sortir de son bureau, il eut son patron au téléphone lui demandant de l'attendre.

Jérôme avait le visage fermé. Vautré dans son fauteuil luxueux, il dévisageait Kyle sans placer un mot. Ce dernier ne savait trop quelle attitude adopter sinon engager la conversation sans perdre de temps. Il était fatigué physiquement et mentalement et la seule chose dont il avait envie, c'était de rentrer chez lui et non regarder son rival déguster sa victoire en sa présence ou lui faire le film de comment il avait fait l'amour à Zoé.

— Tout va bien, monsieur ? demanda-t-il le cœur battant nerveusement. Il avait relevé la tête afin de se montrer digne dans son affliction.

Jérôme lâcha un sourire jaune d'où planaient des ondes de menaces.

— Je n'ai pas couché avec Zoé. Elle m'a repoussé comme un malpropre, fit-il en se relevant de son siège. Sa voix était rauque. L'on pouvait déceler la frustration et l'indignation. Une paix profonde parcourut le corps de Kyle, de la tête aux pieds. Cet aveu libéra tous ses membres. Il ferma les yeux pour déguster la liberté. Un sourire envahit son âme puis son cœur. C'était une sensation de bien-être inqualifiable. Dieu qu'il était heureux. Il avait envie de sauter de bonheur mais il se devait de contenir sa grande joie et feindre la compassion.

— Que dites-vous, monsieur ? dit-il, en pinçant sa lèvre inférieure. Comme il était heureux.

— J'ai renvoyé cette misérable. Je vais lui rendre la vie dure. Elle n'a même pas idée de la gravité de l'acte qu'elle vient de poser, annonça-t-il d'un ton qui se voulait répréhensible.

— Je vois, reprit calmement Kyle.

— Oser me repousser, moi. La Pétasse ! Tout ce que je veux, je le prends. Elle me suppliera à genoux de la sauter, crois-moi.

— Je n'en doute pas, monsieur, fit-il tremblant de rage. Par ailleurs, il demanda à rentrer de peur de perdre patience et d'en venir aux mains avec ce prétentieux.

Une fois dehors, Kyle composa le numéro de la jeune femme en chantant. Il avait envie de lui crier qu'il l'aimait et qu'il était prêt à tout affronter pour elle, mais il ne parvint à rentrer en contact avec Zoé qu'une semaine plus tard. Il avait essayé de la joindre tous les jours sans succès. Elle s'était comme volatilisée jusqu'au jour où, en faisant du rangement, il tomba sur le curriculum vitæ de la jeune femme. Les mains tremblantes, il composa le numéro de téléphone secondaire qui y figurait. C'était le numéro de son père. Kyle le supplia pour le rencontrer. Il était déterminé à affronter le monde entier pour déclarer sa flamme à Zoé. Il avait tellement insisté que l'homme finit par lui donner l'adresse de sa résidence.

Chapitre 3

1/

Il était trois heures du matin. La nuit, d'ordinaire silencieuse, était déchirée par de grands vents impétueux, soufflant avec rage et bousculant tout sur leur passage.

En effet, depuis plusieurs heures déjà, huit pour être précis, il pleuvait des cordes, les roulements de tonnerre ne cessaient de croître, ils se rapprochaient de plus en plus, avec force, et semblaient en découdre avec le ciel.

Sous d'autres cieux, l'on aurait redouté une tempête orageuse, avec tout le cynisme et la désolation qu'on lui connaît.

Mais ici, il s'agissait simplement d'une maudite et capricieuse pluie qui réussissait, avec brio, à faire perdre du temps à des milliers de manœuvres des zones industrielles, déjà réveillés depuis longtemps pour le boulot. Certains étaient prêts à affronter des dizaines de kilomètres à pied, à travers des raccourcis dont eux seuls avaient le secret. D'autres, quant à eux, optaient pour les transports urbains, depuis les gbakas, les bus ou les pinasses.

Ils auraient aimé dans l'un comme dans l'autre cas, braver cette pluie mais nul n'osait pointer le nez dehors, même protégé par un parapluie. Le vent était beaucoup trop violent.

Quelle pluie ! L'on pouvait par ailleurs deviner aisément

les dégâts qu'elle avait déjà occasionnés et dont les médias allaient faire certainement un large écho dans les prochaines heures. L'on pouvait d'ores et déjà parier, sans être devin, sans aucun risque de se tromper, que les bidonvilles et autres quartiers précaires de la ville enregistreraient des morts, des disparus et des nouveaux et nombreux sans-abris.

Le décor était toujours le même après ce genre de pluie torrentielle. Deux ou trois ministres se précipiteraient sur les lieux du drame pour déplorer la situation, témoigner de la compassion du Gouvernement et prendre des résolutions qu'ils n'appliqueraient outre mesure. Ce scénario était semblable à la réplique d'un film célèbre que tous connaissaient par cœur.

À la cité « des belles demeures » par contre, l'on dormait à poings fermés. Ici, la pluie quelle que soit son intensité n'avait aucun pouvoir de faire des dégâts. Personne ne la redoutait. Les sublimes résidences de la cité étaient construites par des architectes de renom, dans le strict respect de toutes les normes de construction. La pluie n'effrayait guère personne. Mieux, elle berçait plutôt et faisait faire de beaux rêves.

Pour preuve, deux êtres enlacés, nus sous les draps, dormaient paisiblement et profondément. En effet, ils possédaient au cœur de cette cité huppée de la ville, une agréable résidence avec une architecture de rêve, mariant plusieurs styles, très tendance.

Pour la construction de cette merveille, plusieurs matériaux importés de par le monde avaient été utilisés. Le résultat était un régal des yeux. La classe et le style flirtaient à la perfection.

La résidence la plus belle de la cité se composait de deux parties connectées entre elles par un large passage vitré.

La première, véritable espace entièrement ouvert et

délimité par des demi-cloisons était consacrée aux espaces familiaux. Elle abritait un confortable séjour se distinguant par un ameublement épuré et chic, une cuisine aux placards futuristes, s'inscrivant parfaitement dans le design intérieur, une salle à manger et un salon télé.

La seconde, espace privé de luxe, se composait de cinq chambres et de la suite principale avec un grand balcon et une salle de bains ouverte au design minimaliste. L'on notait un passage reliant la suite au bureau et à la bibliothèque située au premier niveau.

Les espaces extérieurs étaient également très sympas. Un verdoyant jardin et une terrasse étaient aménagés avec goût autour d'une belle piscine.

Merveilleusement dessinée, Debasse avait insisté et payé pour que la villa procure toutes les commodités nécessaires afin que Prunelle s'y sente heureuse. S'il ne pouvait pas encore divorcer, il n'y songeait point, couvrir Prunelle de cadeaux hors de prix était la moindre des choses.

2/

Debasse émergea de son sommeil. Il ouvrit nonchalamment les yeux, se leva, tira les rideaux et vit à travers les baies vitrées qu'il pleuvait. Il mit une douce musique dont le son filtré emplit merveilleusement la chambre. Il contempla, avec beaucoup d'amour et d'attendrissement, les formes angéliques de sa sublime dulcinée, son beau corps, ses impeccables rondeurs et surtout son radieux visage endormi. Comme elle était belle ! Elle dormait tel un ange, son ange à lui.

Debasse se coucha auprès d'elle et se mit à caresser tendrement ses belles fesses rebondies. Ses doigts explorèrent par la suite, délicatement, son corps nu dans son entièreté. Prunelle se mit à frémir, son souffle s'accéléra, ses tétons se durcirent. Elle adorait le doux contact de cette flamme qui, progressivement, s'attisait et la consumait.

Elle adorait la magie de ces doigts qui la rendaient folle et lui faisaient perdre la raison. Elle dégustait ce feu incandescent qui la transportait, toujours, dans un univers de jouissances extrêmes et incontrôlables où seule la présence de Debasse en elle, emprisonné jalousement entre ses jambes ouvertes, pouvait combler ses entrailles en feu.

Prunelle ouvrit les yeux dans un délicieux soupir, dévisagea, heureuse, son amoureux et se retourna délicatement pour se lover dans ses bras. Ils échangèrent un regard, un sourire, un premier langoureux baiser, un second baiser électrique et le feu s'alluma.

Dans un soupir, la jeune femme encouragea son amoureux à continuer, en s'affairant elle aussi, sur sa poitrine couverte de poils.

À l'image de la pluie que rien n'arrêtait, les caresses des tourtereaux s'intensifièrent. Aux grondements rageurs et intempestifs du tonnerre, s'ajoutaient les gémissements enchanteurs et répétitifs de Prunelle, comblée par son bébé, son poussin, son cœur, son chouchou, son amour. Toutes les appellations y passèrent durant l'exploration du septième ciel à cette quatrième heure du matin.

Ce fut un plaisant voyage d'extase au cours duquel les tourtereaux firent l'amour à satiété dans différentes postures. Ils ne manquaient pas d'imagination et d'inspiration. Ils avaient nombre de recettes pour se faire perdre la tête. Et plus rien n'existait. Et plus rien ne les ébranlait. Ils s'adoraient et continuaient de s'aimer passionnément.

Quand ils descendirent de cette longue expédition, Debasse s'écroula telle une feuille morte dans les bras de Prunelle. Tendrement, elle le combla de délicieuses caresses. Ses doigts de fée, magiques et agiles, ne tardèrent pas à le faire se rendormir d'un sommeil profond, comme un nourrisson.

La jeune femme le regarda dormir, le regard rempli d'un amour inconditionnel. Debasse avait changé sa vie depuis qu'il y était entré. Comme elle l'aimait ! Personne avant lui n'avait réussi à créer en elle des sentiments si forts et si profonds. Il lui était désormais impossible d'imaginer la vie sans lui. Jamais elle ne s'était imaginé aimer un homme comme elle l'aimait.

Par ailleurs, elle ne l'avait pas seulement dans le cœur, il vivait dans son corps et dans son âme, guidait sans prétention aucune le battement de son cœur, constituait sans une quelconque exagération, son souffle de vie. Même s'il était encore marié, mariage auquel elle mettrait fin bientôt, elle n'imaginait pas vivre sans lui et était prête à tout pour que jamais, leurs chemins ne se séparent.

Chapitre 4

1/

Vêtu d'une robe de princesse bleue, le ciel affichait un sourire d'une blancheur éclatante. Beau comme un cœur amoureux, il savourait les tendres caresses des rayons magiques du soleil sur sa peau de fée. C'était un jour splendide, un pur délice, après la pluie torrentielle de la veille.

Il était dix heures quand Prunelle descendit à la cuisine retrouver ses filles de ménages. Quelques instants plus tard, la jeune femme remonta avec le petit déjeuner de son prince charmant. Elle le réveilla délicatement, avec plein de baisers sensuels, l'invita avec un sourire coquin à prendre un bain délicieux.

Debasse se laissa entraîner sans résistance aucune. Il n'aurait pu en être autrement de toute manière. Comment résister aux caresses de Prunelle, cette enivrante enchanteresse de première ? Il ne pouvait rien lui refuser. Par ailleurs, la vie à ses côtés était un merveilleux rêve sans fin.

Après ce sublime bain d'où fusèrent des fous rires, de tendres roucoulades et d'ensorcelants gémissements, les amoureux prirent le petit déjeuner dans un bonheur inégalé.

Une fois au salon, Debasse feuilleta les journaux du matin. Le constat demeura le même. Le monde courait à sa perte avec une dose croissante d'hypocrisie, de violence et de famine. Les riches, de plus en plus cupides, s'en mettaient plein les poches, habités par une faim de loup. Les pauvres, dupés comme toujours par nombres de vendeurs d'illusions en costards de luxe et au verbe mielleux, dormaient encore le ventre vide. Les vies étaient brutalement arrachées dans des églises, aux abords des rues, des cinémas et autres transports urbains, à coups d'attentats et de guerres...

Debasse ravala une énorme boule de salive. Le monde lui faisait de la peine. Un frisson d'horreur lui glaça le sang en posant les journaux. Le sang avait encore coulé. Un attentat à la voiture piégée, non encore revendiqué, avait fait deux cents morts.

Dégoûté, l'homme se leva, promena son regard, tout à la contemplation de la résidence de sa dulcinée, des meubles et des tableaux. Il était émerveillé par le décor intérieur de cette superbe propriété, adorable espace de vie, offert par amour à sa compagne il y a de cela quelques mois seulement, à l'occasion de son trente-deuxième anniversaire de naissance.

L'horloge marquait onze heures quand les tourtereaux décidèrent enfin d'aller travailler. Prunelle était une femme comblée. Debasse avait la magie d'illuminer son regard et d'égayer son cœur. Au pas de la grande porte d'entrée, elle lui tendit les lèvres et ils s'embrassèrent sans se faire prier, avec la fièvre des premiers jours. Rien n'avait changé depuis. Leurs sentiments s'étaient plutôt solidifiés, pareils à des rocs impénétrables. Que c'était beau de s'aimer de la sorte. Ils échangèrent un sourire, et repartirent pour un autre baiser, langoureux et enivrant.

Enlacés, bras dessus bras dessous, ils descendirent au garage. Il était temps de se dire au revoir et se résoudre à aller travailler.

Prunelle sauta la première dans sa grosse cylindrée tandis que Debasse, insatiable, la dévorait tendrement du regard.

Prunelle conduisait la tête dans les nuages. Elle était heureuse de l'amour que lui vouait Debasse. Il était le plus exceptionnel de tous les hommes. Le seul chagrin de la jeune femme, bloqué au travers de la gorge comme un goitre, demeurait le statut matrimonial de son bien aimé ; marié et père de trois enfants. Cela devenait de plus en plus pénible de se passer de lui, d'accepter le vide immense de ses absences.

La jeune femme ne le supportait plus. En effet, dans ses pires cauchemars, elle ne s'était jamais imaginée menant une vie où elle serait reléguée au second plan. Cela devenait de plus en plus pesant de vivre dans l'ombre de sa femme. Prunelle n'acceptait plus vraiment d'être la maîtresse d'un homme qu'elle aimait plus que sa propre vie.

Il fallait mettre un terme à ce partage. Debasse lui revenait de droit. C'était elle qu'il aimait. Elle qui le faisait vibrer, qu'il adorait chouchouter, caresser, embrasser, déshabiller... C'était elle, la femme de sa vie, de ses rêves et de ses fantasmes les plus impensables. C'était elle, sa véritable paire de côtes. La jeune femme poussa un long soupir de dépit. Ne serait-il pas temps de rétablir l'ordre normal des choses ?

Les yeux fermés dans une grande inspiration, Prunelle se souvint qu'à l'entame de cette liaison, aucun de ses proches n'était d'accord. Ils ne comprenaient pas les raisons pour lesquelles elle optait pour une vie pareille alors qu'elle pouvait tout avoir ! Pourquoi s'obstinait-elle à repousser tous les hommes, beaux, intelligents et fortunés qui lui faisaient incessamment la cour pour n'aimer qu'un homme marié et infidèle ?

En son temps, elle leur avait répondu qu'elle aimait Debasse d'un amour immaculé, d'un amour qu'elle-même était incapable de définir. Tout ce qu'elle savait cependant, c'était que ce sentiment indéchirable la tenait en vie. Elle mourrait s'il n'était plus là. Elle mourrait si elle devait le perdre, ne plus sentir ses caresses, entendre sa voix. Elle mourrait si pour une quelconque raison, elle devait renoncer à lui. Elle avait compris dès le premier soir qu'aucun homme au monde ne saurait lui faire ressentir de telles sensations et émotions. Dès le premier regard, elle avait su qu'il était la bonne personne.

2/

Debasse conduisait tout le long du trajet en pensant à Prunelle. Il l'aimait tellement. Hier comme aujourd'hui, rien n'avait changé. Ils vivaient quelque chose de si fort que la jeune femme lui manquait à chaque instant. Ils s'appréciaient, s'entendaient et s'aimaient. Jamais une relation ne lui avait donné autant de bonheur. Et seul Dieu sait combien Prunelle comptait dans sa vie.

Au sous-sol de l'impressionnante et imposante tour abritant le siège de sa banque, Debasse salua aimablement les agents de sécurité, se gara à son parking privé et prit son ascenseur personnel pour son bureau.

Une fois installé, il appela Miss Guiri, son assistante. En entrant, la jeune femme dévora discrètement son patron du regard. C'est fou comme il l'émerveillait par son élégance. Ce matin, elle était sous le charme du costume italien, à la coupe impeccable qu'il portait comme un dieu.

La tablette sous les yeux, Miss Guiri rappela en quelques minutes tous les rendez-vous, fit le point des appels et le résumé des courriers. Debasse les mémorisa avec le sourire et lui fit signe de disposer. Il la regarda sortir, l'air satisfait. La jeune femme était une perle, compétente et fascinante. Elle lui était d'une aide précieuse.

Debasse se leva de son siège, debout dans son splendide et gigantesque bureau, l'homme contempla le ciel. La vue depuis le sommet de ce bel édifice coiffant majestueusement tous les gratte-ciels de la ville était un bonheur. Il lui semblait toucher du regard les nuages rieurs jouant à cache-cache, à cœur joie.

Debasse pivota sur lui-même. Un doux frisson parcourut délicatement son être. Il inspira profondément comme pour remplir ses poumons d'air. C'était une sensation de bien-être inimaginable. Il ferma les yeux pour contempler sans retenue sa belle Prunelle. Elle était là, blottie tendrement dans ses bras. Quelle inébranlable attraction. Un flot de sensations le submergea comme une délicieuse étreinte ; la saveur de ses lèvres fruitées sur les siennes, le doux contact de son corps enchaîné par ses caresses, le son de cette voix fiévreuse murmurant son amour… Debasse dégusta la beauté de l'instant. Tel un oiseau, il lui semblait posséder des ailes, le faisant voler dans cet univers magique.

Au fond, Debasse était un homme comblé. La vie lui avait tout donné. Un travail digne, une adorable femme, d'aimables enfants, et maintenant Prunelle Baya. Elle incarnait la fée qui pouvait lui manquer. Un peu comme un bonus inattendu.

Prunelle, une femme exceptionnelle. Elle possédait le secret d'être toujours désirable. Debasse en était fou amoureux. En effet, dotée d'une créativité à couper le souffle, elle le surprenait inlassablement. Et cette façon si particulière d'être entreprenante apportait sa part d'étincelle à leur idylle.

Debasse avait fini même par se convaincre qu'il disposait d'une belle étoile. Prunelle lui permettait d'être épanoui et de se sentir en confiance. Aussi ne redoutait-il plus la liaison. Il prétextait nombre de missions factices pour la retrouver durant des jours sans aucune culpabilité. La force pour lui résister n'existait point, elle était invincible comme une drogue dure. Il ne pouvait pas ne pas la désirer, l'aimer et la posséder, sa vie entière en dépendait désormais et nul n'était en mesure de le comprendre et de comptabiliser les beaux moments qu'ils vivaient.

Quelques fois cependant, Debasse appréhendait la réaction de son épouse et des enfants si la vérité venait à éclater au grand jour. Ces quelques rares fois-là, une onde de frayeur parcourait tout son être. Il n'osait imaginer le chaos que ce serait. Sa petite famille de rêve s'effondrerait comme les tours jumelles un certain 11 septembre. L'homme touchait du bois et priait que Dieu le préserve de cette apocalypse.

Heureusement, Sandra demeurait le prototype de la femme sans histoire. Épanouie dans un foyer heureux, comblée par l'amour de son mari, l'affection de ses enfants et gâtée par son travail, elle menait une existence de rêve. Elle était un ange comme on n'en rencontre que dans les rêves. Il y a quelques années, en substance, Debasse en avait eu la révélation et lui avait collé affectueusement l'étiquette de son ange de sage-femme.

Ce jour-là, contrairement aux autres jours où Sandra relatait sa garde de la veille à son compagnon avec passion et une lueur dans les yeux, une jeune femme contrainte à accoucher par césarienne était morte. Sa peine était telle que Debasse ne sût comment la consoler.

Sandra avait pleuré toutes les larmes de son corps. Plus tard, la voix enrouée de sanglots, elle lui avait fait comprendre l'importance de chaque vie humaine et son caractère sacré. Elle n'acceptait pas, surtout, que la faucheuse arrache la vie de celles qui viennent donner vie. Elle refusait aussi que les innocents l'expérimentent dans des conflits meurtriers au nom d'une quelconque croyance, idéologie ou cause.

Ce jour-là, Sandra avait dormi très tard sans rien avaler. Debasse, lui, ne réussit point à fermer l'œil de la nuit. Il rendait gloire à Dieu pour ce présent exceptionnel qu'il lui avait fait. Durant des années, il avait vécu dans la reconnaissance qu'elle incarnait un véritable ange du ciel et l'épouse chère à son cœur. Quelle autre femme aurait autant de sensibilité et un tel cœur en diamant ? Il n'y en avait aucune.

Sandra était unique. Comme elle était belle ! Il y a une vingtaine d'années, Debasse la rencontrait dans un taxi communal. Quelle drôle de rencontre ! Elle était si belle dans sa petite robe fleurie que tous les passagers n'avaient d'yeux que pour elle, mais Jean Baptiste fut le plus audacieux. À destination, il l'accosta si poliment qu'elle finit par lui donner le numéro de téléphone de son domicile avec les instructions sur les heures d'appels. Elle venait d'obtenir le baccalauréat et préparait le concours d'entrée à l'infas. Lui était étudiant en maîtrise de sciences économiques.

Au fil des rencontres, une inébranlable attraction naquit

entre les deux jeunes gens. Au moment de s'en rendre compte, ils étaient déjà tombés amoureux et ne parvenaient plus à se quitter. Sandra réussit à son concours. Debasse, lui, décrocha une bourse pour étudier les finances en Suisse. Malgré les préjugés, leur amour naissant avait survécu. De savoureuses lettres d'amour avaient comblé l'attente et la distance. Sandra ne se laissa point distraire par ses nombreux prétendants. Elle attendit patiemment son chéri. Lui non plus, ne s'éprit d'amour pour une quelconque blonde. Une fois son diplôme en poche, Debasse rentra retrouver sa dulcinée. Comme elle lui avait manqué ! Il la demanda en mariage à l'aéroport, sous le regard attendri du beau monde présent. Les semaines qui suivirent sa demande, les amoureux se liaient pour la vie. Dieu qu'il l'aimait ! Debasse eut comme un pincement au cœur en regagnant son siège dans un long soupir d'impuissance.

Chapitre 5

1/

Debasse venait de terminer son quatrième rendez-vous de l'après-midi quand il invita son fils Andrew à entrer. Il lui ouvrit gaiement les bras, le visage illuminé par un rayonnant sourire. Comme il l'adorait ! De tous ses enfants, Andrew était son préféré. Il lui témoignait une affection inexplicable et le portait tout particulièrement dans son cœur. Comme une mère poule, il le pouponnait et cédait à ses moindres caprices, parfois en secret, pour ne pas irriter sa femme et provoquer la jalousie de ses aînés.

Par ailleurs, Andrew était le seul qui pouvait s'amener à son bureau sans prendre de rendez-vous au préalable. D'ailleurs, cet après-midi-là, après qu'il ait eu son père au téléphone le prévenant de son imminente visite, l'homme n'a pas hésité à lui trouver une demi-heure dans son agenda pourtant très serré.

— Je suis heureux de te voir mon grand, dit-il après leur accolade, l'invitant à prendre place à l'immense salon de son bureau.

— Moi aussi papa, fit le jeune homme en s'asseyant.

— Je t'offre un café ?

— Non ! Merci, papa. Je suis juste passé te faire un coucou, des amis m'attendent dans le hall. Cette marque d'attention arracha un heureux sourire à Debasse. Il dévisagea son garçon avec un tendre regard. On pouvait y lire tout l'amour qu'il lui portait.

— C'est très gentil, reconnut-il avant de poursuivre sans le quitter des yeux. Ta mère et moi, nous nous faisons du souci pour toi. Honnêtement, je ne comprends pas ton obstination à vivre en cité universitaire. Andrew sourit en fuyant le regard de son géniteur. Il n'était pas question de se laisser attendrir. Il savait que ses parents et en particulier son père ne supportaient pas de le savoir loin, de surcroît dans une cité universitaire alors qu'il avait un palace pour vivre. Mais à 21 ans, Andrew était majeur et il envisageait explorer d'autres horizons. Il en avait assez d'être chouchouté constamment comme s'il eut été un bébé. Toutefois, il tenta de rassurer son père.

— Je fais attention à moi papa, dit-il d'une voix sereine.

— Si tu le dis. J'espère que tu auras ton Master... L'homme fut interrompu par la sonnerie du portable d'Andrew. Celui-ci ne décrocha pas.

— Je dois partir papa, mes amis s'impatientent, fit-il en verrouillant son écran du pouce.

— Tu me promets de prendre soin de toi ? Abdiqua Debasse. Le jeune homme eut un sourire en se levant.

— Promis ! dit-il en jetant un coup d'œil à sa montre.

— OK ! Juste une seconde. C'est bientôt les vacances, tu as un projet de voyage ?

— Non, papa. Cette année... je pense rester au pays.

— Avec tes amis, je suppose ? Pour toute réponse, Andrew sourit franchement à son père qui lui tapota l'épaule. Il ouvrit son tiroir et retira une enveloppe qu'il tendit à son fils.

— Ce n'est pas nécessaire papa. J'ai ma carte magnétique, protesta Andrew.

— Ton père va-t-il essuyer un autre refus gamin ? Prends-le s'il te plaît, insista Debasse. Tous deux rirent de bon cœur. Andrew s'empara de l'enveloppe, la rangea dans son sac à dos et prit congé de son géniteur non sans un gros câlin. L'homme le regarda s'éloigner tout heureux.

2/

Miss Guiri n'avait point quitté Andrew des yeux. Elle le trouvait de plus en plus beau, sexy et tellement craquant. Si cela n'avait dépendu que d'elle, elle aurait sauté avec lui dans l'ascenseur et aurait prié pour qu'ils se retrouvent coincés durant des jours. Quel bonheur ce serait de se retrouver dans ses bras, l'embrasser et se donner à lui sans retenue !

Hélas. Cela relevait d'un miracle irréaliste. En effet, Andrew la rendait littéralement folle mais cela n'était pas réciproque. Du moins, le jeune homme n'avait pas connaissance des sentiments de l'assistante de son daron. Tous les deux n'avaient jamais échangé sur le sujet mais Miss Guiri se consumait d'amour pour lui.

Un soir d'il y a juste un an, invitée à dîner chez les Debasse, la jeune femme s'était vu voler son cœur par ce prince charmant d'Andrew. Durant toute la soirée en effet, Miss Guiri n'avait eu d'yeux que pour le jeune homme. Malheureusement, celui-ci ne semblait pas être intéressé par elle. Contrairement à son frère et à sa sœur, il ne lui avait quasiment pas adressé la parole, hormis les salutations d'usage.

Depuis cette date, l'attitude désinvolte du jeune homme à

son encontre n'avait pas changé d'un iota mais elle continuait de l'aimer en secret. Il la troublait toujours autant quand elle le voyait ou pensait à lui. C'était l'homme de ses rêves. Elle ne jurait que par lui. Il remplissait tous les critères de l'homme idéal selon son cœur. Il était beau et s'habillait toujours élégamment. Tout lui allait à la perfection. Il était grand, athlétique et affichait une fière allure. Miss Guiri se permettait souvent de fantasmer sur sa belle corpulence. Andrew, c'était le mannequin de son cœur.

Après le départ de l'ascenseur, la jeune femme avait du mal à reprendre ses esprits. Andrew, lors de ses passages, réussissait toujours à la mettre dans cet état. Elle aurait tout donné pour qu'il la regarde et la voie. Elle aurait tout donné pour qu'il la remarque et comprenne qu'elle mourait d'amour pour lui. Si seulement il faisait l'effort de poser les yeux sur elle, il comprendrait qu'elle n'attendait que lui... Hélas !

— Bonjour, mademoiselle Guiri, j'ai rendez-vous avec mon père. C'était tout ! Rien de plus ! Il n'avait jamais songé à lui demander son numéro de portable ou même engager la conversation.

Les jours où elle le faisait patienter expressément, juste pour le contempler, il restait muet comme une carpe, pianotant son téléphone portable. Comment réussissait-il à ne pas la remarquer alors que tous les visiteurs de son père n'avaient d'yeux que pour elle ? Comment faisait-il pour ne pas apercevoir sa divine silhouette, ses belles jambes et son beau visage ? Comment parvenait-il à ne pas lire le désir dans son regard ? La jeune femme soupira.

Andrew avait cette capacité de la rendre vulnérable. Une fois, elle avait été tentée de lui demander son numéro de portable mais elle avait dû abandonner quand il l'interrogea du regard. Dire que cela aurait été plus simple de lui envoyer un texto, on ne peut plus explicite, lui dévoilant son amour.

Mais la jeune femme redoutait la réaction d'Andrew. Il serait venu la retrouver, noir de colère, exigeant une explication. Quel scandale ce serait ! Il lui semblait l'entendre se plaindre à son père, ordonnant qu'il renvoie cette assistante aux mœurs légères. Quelle honte ce serait !

L'appréhension de la jeune femme était pire qu'une violente tempête. Aussi, préférait-elle ne rien brusquer. En plus, elle ne souhaitait aucunement perdre son boulot, déjà qu'il était très difficile d'en trouver... Par ailleurs, la banque ne la rémunérait-elle pas bien au-delà de ses espérances ? Elle n'avait pas le droit de prendre de tels risques.

Miss Guiri se terra dans son siège. C'était bien une peine perdue que d'aimer le fils adoré de son patron même si ce dernier continuait désespérément de la tourmenter. Elle adopta cette posture défaitiste pendant une minute ou deux, puis elle eut un sourire mystérieux. Un jour, songea-t-elle, Andrew sera à elle. Toute cette indifférence qu'il lui témoignait ne serait qu'un mauvais lointain souvenir. La patience ne demeurait-elle pas un chemin d'or selon l'adage ? Elle vivrait d'espoir. Il n'était point question de désespérer. Un beau sourire illumina son visage quand il lui vint à l'esprit qu'avant de quitter le bureau, Andrew l'avait complimentée sur sa robe. Oui, maintenant, cela lui revenait.

— Vous êtes très bien habillée !

Une vive excitation traversa tout son être, de la tête aux pieds. Comment ce détail d'une pareille importance avait failli lui échapper ? N'était-ce pas le plus beau compliment qu'elle n'ait jamais reçu ? Miss Guiri se mit à rêvasser. Dans un futur très proche, Andrew lui confiera qu'elle est sublime, qu'il l'aime et ne peut vivre sans elle. Cette pensée lui arracha un sourire, ce joli sourire qui embaumait le cœur du personnel de la banque et des visiteurs qui avaient le privilège de rencontrer le patron. Entre deux coups de fil pour annoncer un rendez-vous, pour annuler tel autre ou pour en programmer de nouveaux, elle pensa joyeusement à Andrew. Quel beau couple, ils formeraient !

3/

À 17 h, la grosse cylindrée de Debasse stationna rue du commerce, à un quart d'heure de trajet de son bureau, devant une boutique de mode très tendance dénommée « Jardin Secret ». L'homme ne sût cacher son émerveillement. En effet, la boutique était prise d'assaut par nombre de femmes qui s'arrachaient les articles proposés comme des petits pains.

C'était à n'en point douter la nouvelle adresse de shopping de la gent féminine Abidjanaise. Il en avait la confirmation de ses propres yeux. Aussi, ne descendit-il pas de son véhicule. Il se contenta plutôt d'envoyer un texto à la directrice des lieux pour lui annoncer sa présence. La réponse à son message lui arracha un sourire. La jeune femme en avait encore pour 15 minutes. N'était-ce d'ailleurs pas le péché mignon des femmes de se faire attendre ? Debasse y était habitué. Aussi la rassura-t-il. Elle pouvait prendre tout le temps dont elle avait besoin. Il l'attendrait sans grogner ni bouder.

Ce soir, il l'attendrait et lui chanterait sa satisfaction. Benjamine des Debasse, Ilyona adorait la mode. C'était un univers qui la passionnait. À 17 ans, elle avait rêvé cette boutique. Il n'avait pas hésité à y investir des millions malgré quelques réserves de son épouse. Les résultats lui donnaient raison.

Ilyona était sa fierté. À 18 ans aujourd'hui, après le baccalauréat obtenu avec la mention bien, elle étudiait dans une prestigieuse école londonienne, un bachelor in fashion design, un diplôme qui la préparait aux trois métiers principaux de la création textile : styliste, modéliste et designer.

La jeune femme voyait grand malgré son jeune âge et Debasse adorait cela. Elle était sa digne héritière. La croissante renommée de sa boutique n'en était qu'une parfaite illustration. Elle envisageait par ailleurs avoir un master en marketing. Et l'homme ne lésinait pas sur les moyens afin de lui permettre de réaliser tous ses rêves. Aussi, était-elle tout le temps entre deux avions Abidjan – Londres pour ses cours.

— Je suis à toi mon papounet chéri, fit-Ilyona en ouvrant la portière du véhicule, garé depuis une trentaine de minutes.

— Comment va la plus belle des femmes ? reprit l'homme en lui faisant la bise.

— Je me porte comme un cœur, papa, dit-elle avec le sourire.

— Les affaires se portent bien à ce que je vois ?

— Comme sur des roulettes, commenta-t-elle avec un plus large sourire.

— Je suis très fier de toi. Tu es une véritable femme d'affaires maintenant. Ils rirent en chœur et l'homme démarra pour leur « Glace party ».

Une fois par mois, en effet, père et fille allaient manger une glace pendant une heure souvent deux. Tels des amoureux, Debasse prenait plaisir à échanger avec Ilyona tout en dégustant une onctueuse glace. C'était un délicieux moment auquel tous deux tenaient et qu'ils ne rataient sous aucun prétexte. C'était une sorte de pèlerinage qui leur faisait du bien, les apaisait et les requinquait. Les liens filiaux s'en trouvaient fortifiés.

Debasse se gara au parking de l'enseigne « Les saveurs abidjanaises ». C'était un bel établissement, spécialisé dans la pâtisserie d'excellence. La ville entière s'y donnait rendez-vous au quotidien. Le cadre était beau, depuis sa vaste terrasse abritant plusieurs sièges disposés selon un design d'exception, jusqu'à la pièce principale aménagée en plusieurs salons romantiques. L'ambiance était festive. Une douce musique jouant en fond sonore berçait l'aimable clientèle.

Debasse et sa fille furent installés rapidement par un jeune serveur, qui prit gentiment leur commande et les servit en un temps record. Ilyona le gratifia de son plus beau sourire avant de se jeter littéralement sur sa coupe de glace à la vanille. Elle l'entama telle une gamine sous le regard amusé de son père.
— J'ai reçu un email de ton directeur d'école. Il est en admiration devant cette faculté que tu as de faire simplement des choses extraordinaires, entama-t-il.
— Humm ? Tu n'es pas en train de me draguer là ? plaisanta-t-elle en souriant. Debasse pouffa de rire.

— Du tout ! James m'a confié beaucoup de bonnes choses à ton endroit et franchement ça fait plaisir de l'entendre.

— Merci, papa, j'essaie juste d'être à la hauteur.

— Tu l'es, ma grande. Je t'aime et suis très fier de toi.

— Je t'aime aussi papa.

Comme à leur habitude depuis des années, ce fut encore un moment de pur délice, de communion et de confidence. Ils parlaient de tout, riaient à plein gosier et rentrèrent heureux, les bras chargés de glaces et de croissants pour le reste de la maisonnée.

Chapitre 6

1/

Chaque mois à la même date, presqu'à la même heure, Florian guettait la venue de cette irrésistible jeune femme. Le cœur cognant à tout rompre, il se tenait là, entre deux services, à regarder les différents véhicules se garer, les uns à la suite des autres. Quand il l'apercevait enfin descendre de ce bolide de rêve, une joie infinie emplissait son être pour quelques précieuses minutes. Puis, alors qu'elle riait à cœur joie sous le regard attendri de l'homme en sa compagnie, une farouche jalousie consumait son être. Il ne comprenait pas la raison pour laquelle elle se liait avec cet homme, marié et d'un certain âge. Le regard noir de colère et de haine, Florian se retirait alors pour pleurer sa peine. Mais alors, une voix intérieure, son unique meilleure amie, le consolait en lui donnant mille et une raisons. Dans un silence amer, le jeune homme ravalait l'énorme boule de salive bloquée au travers de sa gorge et retournait travailler.

Avec le temps, il s'était résigné. Ilyona Debasse n'était pas une fille pour lui. Il dut renoncer à elle comme à tous ses rêves d'hier, désormais enfouis au plus profond de son être.

Florian soupira en débarrassant la table où Ilyona était

assise quelques minutes plus tôt en compagnie de son père. Il s'était juré qu'elle n'était pas une fille pour lui mais elle faisait toujours jubiler son cœur. Peut-être que s'il avait été issu d'une famille aisée, il l'aurait approchée pour lui déclarer sa flamme et l'encourager à quitter cet homme marié mais hélas, sa situation sociale ne lui permettait pas d'aimer une telle déesse, toujours bien mise dans des tenues sophistiquées et encore moins de rivaliser avec un homme plein aux as.

2/

La vie ne rime point avec des contes de fées d'une quelconque fable. Florian expérimentait cette cuisante vérité au quotidien. Il se moquait royalement de toutes ces personnes qui se leurraient avec des théorèmes bidons que l'argent ne fait pas le bonheur. La pauvreté, il en était convaincu, constituait un véritable frein à tout épanouissement. C'était un handicap dans un monde cupide où tout s'achète désormais à coup de liasses de billets. Le regard hagard, le jeune homme poussa un long soupir, les yeux rivés sur l'emplacement où était garée la grosse cylindrée de Debasse.

— On se permet de rêver ? demanda Orane, la responsable du glacier.

— Excuse-moi, dit-il, en reprenant ses esprits, se dépêchant de débarrasser la table et de se rendre utile.

— Tu n'es pas payé pour rêver, rectifia-t-elle sèchement pour lui montrer son mécontentement.

— Ça ne va plus se répéter, reprit Florian d'une voix suppliante. Il était d'accord avec Orane. Le rêve est un luxe que les pauvres ne peuvent se permettre. Ils devaient travailler sans relâche pour survivre.

— Tu as intérêt, vociféra la jeune femme en le fusillant du regard.

Florian avait débarrassé la table et il apportait déjà les commandes de nouveaux arrivants avec ce joli sourire qui le caractérisait. Sa journée de travail se résumait à cela jusqu'à la fermeture du glacier qui survenait des fois, très tard. On ne fermait que lorsqu'il n'y avait plus de clients. Personne n'osait se plaindre à défaut de déposer sa démission. Ce jour-là, l'établissement ferma ses portes à minuit. Une journée venait de prendre fin pendant qu'une autre s'entamait aussitôt. Le perpétuel cycle de la vie.

Florian arborait un pantalon jeans délavé sur un tee-shirt à col. Il prit place dans la voiture aux côtés de la patronne du glacier, Dame Saran, venue chercher Orane et lui. Tout joyeux, le jeune homme lui fit la bise sous le méchant regard de la jeune femme. Elle n'appréciait aucunement l'affection que sa mère vouait à cet étranger, cet intrus. Durant le trajet, le jeune homme et Dame Saran, qu'il appelait tendrement « maman » échangèrent à cœur joie tandis qu'Orane s'affairait sur les réseaux sociaux, les oreilles bouchées par les écouteurs débitant des décibels de sons.

Florian mourrait d'envie de raconter à sa patronne le passage mensuel au glacier de la femme de ses rêves, accompagnée de ce type. Mais il préféra garder cela pour lui. C'était bien une peine perdue. Dans sa chambre cependant, le jeune homme pensa intensément à Ilyona. Cela lui procurait de plus en plus de drôles de sensations. Son cœur palpitait à une effrayante vitesse. Florian était semblable à un garçonnet qui s'extasiait devant une boutique de jouets et principalement sur un coup de cœur que ses parents ne réussiraient jamais à lui offrir. C'était cela. Ilyona était ce cadeau exceptionnel que la vie ne pouvait lui offrir. Elle était un rêve inaccessible ! Encore et toujours le cœur et ses caprices insensés. En effet, Florian revoyait la jeune femme si belle. Il sourit en repensant à son joyeux visage, aux rires qu'elle échangeait avec son amant et surtout au sourire dont elle le gratifiait. Elle était si innocente et si naturelle...

3/

Quand la vie lui montrait ses limites, dans le silence de sa chambre, loin des brouillards du quotidien, et des frustrations essuyées, Florian pensait à ses deux parents, morts dans un accident de la circulation. Quelle épreuve que de se retrouver orphelin du jour au lendemain ne sachant vers qui se tourner !

Telle était aussi la vérité qu'il ne pouvait balayer du revers de la main. Il était désormais seul au monde. Aux funérailles des siens, il y a quelques années maintenant, Florian avait enregistré nombre de promesses. Mais il sait aujourd'hui que la promesse ne constitue point une dette quand l'on a fini de dépouiller l'orphelin... Tout le monde l'avait abandonné comme dans un cauchemar épouvantable.

La mort dans l'âme, Florian fut contraint d'abandonner l'école. Nul ne pouvait lui payer les cours. Mais cette première désillusion de la vie ne le désarma pas pour autant. Il était bien courageux, avec un moral en béton. Les cruelles réalités de la vie le poussèrent à écourter son deuil, à emprisonner son chagrin, étouffer ses larmes et affronter la vie. Sans abris et déshérité, il dut compter sur ses muscles pour s'abriter et se nourrir. L'uniforme kaki rangé aux oubliettes, il arbora celui d'aide maçon, présent sur tous les chantiers de construction, à la recherche de ses illusions.

C'est d'ailleurs sur un de ces chantiers qu'il fit la rencontre de Dame Saran. Tel un recruteur, elle avait réussi à lire en lui bien plus que son courage et sa hargne au boulot. Elle sentit qu'une vive douleur le consumait de l'intérieur. Aussi devint-elle son amie. Avec tact, elle réussit petit à petit à gagner sa confiance alors que de mauvaises langues trouvaient qu'elle voulait de lui dans son lit. Un jour, cependant, elle l'invita à déjeuner à la maison et le présenta à son époux et à ses filles.

Des semaines plus tard, sur son insistance, il leur narra le film de sa vie et les nouvelles réalités auxquelles elle le confrontait. Le lendemain, après avoir obtenu l'approbation de son époux quant à sa volonté d'aider cette âme en détresse, Dame Saran invita Florian à venir habiter à la maison. Le jeune homme devint d'abord superviseur du chantier de construction et aujourd'hui serveur au glacier de sa bienfaitrice. Il étudiait pour présenter le Bac en candidat libre et apprenait la pâtisserie avec le chef pâtissier du glacier.

Hormis Orane qui lui mettait constamment des bâtons dans les roues, tout allait bien. Dame Saran l'aimait comme le fils que Dieu ne lui avait pas donné. Il s'entendait à merveille avec son époux de même qu'avec Cassy, la benjamine de la famille. Tous lui témoignaient une grande affection. Ça aurait été certainement le paradis s'il s'était mieux entendu avec

Orane. Il ne comprenait pas qu'elle le déteste sans raison et le rabaisse infiniment alors qu'il l'aimait bien et s'efforçait à avoir sa sympathie. Pour preuve, il n'avait jamais eu la prétention de lui ravir sa place encore moins lui manquer de respect. Il n'ignorait point ses origines et agissait d'ailleurs en fonction, s'efforçant de vivre dans un retrait le plus absolu. Mais cela ne semblait point suffire à Orane.

En effet, Florian ignorait une vérité. Orane l'aimait à un point qu'elle ne pouvait plus contrôler. Aussi, ne supportait-elle pas qu'il veuille coûte que coûte la considérer comme sa sœur alors qu'il n'était pas de sa famille. La jeune femme aurait tout donné pour qu'il la voie autrement au lieu de s'obstiner à chercher son amitié. Elle l'imaginait nombre de fois en train de s'introduire nuitamment dans sa chambre pour la prendre dans ses bras et lui faire l'amour. Elle l'imaginait en train d'être un vrai homme. Qu'attendait-il pour renverser la tendance, prendre la situation en main et la faire hurler de plaisir ?

Mais il était trop aveugle pour voir, trop idiot pour comprendre la nature de ses sentiments pour lui.

Pendant combien de nuits, seule dans sa chambre, ne songeait-elle pas à lui, à ses caresses et à ses étreintes ? Pourquoi lui était-il aussi difficile d'oser la prendre dans ses bras forts pour la combler de baisers délicieux ?

La frustration d'Orane était telle qu'elle n'en pouvait plus d'attendre. Trop orgueilleuse pour lui avouer ses sentiments, il devait les deviner et lui faire la cour, sinon elle ferait de son existence un enfer, et c'était peu dire.

Chapitre 7

1/

Enlacés comme des amoureux, père et fille rentrèrent tout heureux à la résidence. Dans la pièce principale, confortablement installées sur le canapé, Sandra et sa meilleure amie Kathleen devisaient joyeusement. Ilyona fit de gros câlins aux femmes de son cœur et leur laissa, marketing oblige, le catalogue de ses derniers arrivages afin de les inciter à visiter sa boutique dans les prochains jours. Elle monta ensuite dans sa chambre, se doucher et se faire belle pour un rendez-vous galant.

Debasse quant à lui, embrassa tendrement sa moitié, qu'il n'avait pas vue depuis 72 heures, donna un baiser chaleureux à Kathleen avec qui il déconna pendant une dizaine de minutes. Tous deux appréciaient se taquiner quand ils se retrouvaient et cette parfaite entente ne datait point d'hier.

— Mes amours, je monte prendre mon bain, dit-il en regardant sa montre.

— Je t'accompagne mon cœur, fit Sandra, dévisageant son amie avec un sourire taquin. Kathleen lui rendit son sourire par des grimaces.

Dans leur chambre, Sandra aida son homme à se déchausser et se déshabiller. Il la regarda faire en fermant les yeux. C'était un réel bonheur d'avoir une épouse aussi amoureuse qu'attentionnée. Et dire qu'il la trompait. Pourquoi le faisait-il ? C'était une trop grande question pour se hasarder à trouver des réponses maintenant. Il avait passé trois jours exceptionnels en compagnie de Prunelle mais il était tout aussi heureux de rentrer chez lui et de profiter des caresses de Sandra. Sans placer de mots, ils pourraient le trahir, Debasse attira son épouse contre lui comme pour essuyer sa culpabilité, et l'embrassa. Sandra s'abandonna dans ses bras, parcourue par de délicieux frissons. Ils échangèrent un langoureux baiser.

— Je t'aime, lui déclara-t-elle tout doucement, en le repoussant délicatement pour rejoindre son amie. Il ne l'ignorait pas. Elle pouvait en être certaine.

Kathleen, qui s'était plongée dans le catalogue d'Ilyona, ne vit pas son amie descendre. Elle sursauta presque sur son siège quand Sandra prit place à ses côtés. Elle avait des étoiles plein les yeux et tremblotait encore sous l'effet de ce fougueux baiser.

— C'est fou comme vous êtes amoureux ! commenta Kathleen d'un air taquin.

— Il voulait me retenir encore un peu, confessa-t-elle.

— Ma puce, je t'aurais attendue t'envoyer en l'air sans me plaindre, tu sais ? reprit Kathleen en riant aux éclats.

— Oui, c'est ça. Toi et tes idées cochonnes...

— Vraiment, le monde est injuste. C'est toi qui descends me rejoindre, malgré toi, alors que tu es tout excitée, mais c'est moi, la nonne, que tu traites de cochonne.

Les deux femmes rirent de bon cœur et reprirent leur causerie de plus belle, là où elles l'avaient laissée avant l'arrivée de Debasse et sa fille. Elles échangèrent jusqu'à une certaine heure au milieu de fous rires. Il y avait tant à partager, à se remémorer, à en rire, qu'elles avaient toujours du mal à se quitter.

2/

Kathleen rentra chez elle, fière d'avoir une amie comme Sandra. Elles s'aimaient énormément. En effet, Les deux femmes s'étaient rencontrées à l'institut et comme elles se plaisaient à le dire, ce fut le coup de foudre. Elles traînaient derrière elles une amitié forte de plus de vingt ans aujourd'hui. Elles s'étaient fâchées, boudées, réconciliées mais elles n'en demeuraient pas moins inséparables. Bref ! Elles avaient tout traversé jusqu'à la joie du mariage et le bonheur d'être mère.

En rentrant, Kathleen songea à une confidence de son amie, aux heures troubles de sa relation avec Debasse. Pendant que tout le monde s'activait à la décourager sur le fait d'attendre en vain le jeune étudiant sinon qu'il se pointerait dans quelques années aux bras d'une femme blanche, Sandra était restée zen.

Ce jour-là en effet, elle lui avait confié qu'elle se marierait à Debasse et qu'elle porterait ses enfants. Elle avait même soutenu qu'elle l'attendrait tout le temps du monde s'il le fallait. Ce jour-là, l'estime de Kathleen pour son amie décupla. Elle n'avait jamais vu une détermination de cette taille et une obstination à attendre fidèlement un homme en études en Suisse.

Et Sandra ne s'était point laissée ébranler par le doute et

les spéculations. À aucun moment. C'était impressionnant. Au fond, en voyant son amie si heureuse et épanouie aujourd'hui, Kathleen comprenait que le bonheur avait bien un coût. Il impliquait une semence, un don de soi, une privation, un sacrifice de sa propre personne. Il ne suffisait pas seulement de vouloir être heureux, il fallait se donner le temps de construire son bonheur pierre après pierre sans rien lâcher, encore moins sauter les étapes. Aucune construction ne saurait résister sans une fondation solide.

Kathleen elle-même, n'en avait-elle pas fait l'expérience ? Basile, son époux était le meilleur ami d'un des professeurs de l'institut. Il l'avait déstabilisée lors de la surveillance d'un devoir. Tout tourbillonnait en elle quand il s'approcha d'elle pour inspecter sa copie. Si elle n'avait été assise, elle aurait trébuché et se serait écroulée.

À partir de cette heure, elle s'était donné les moyens de l'avoir pour elle, osant demander son numéro de téléphone à son professeur. Elle, de nature volage, s'était assagie quand ils commencèrent à se fréquenter. Après leur premier baiser, ils ne s'étaient plus jamais quittés. Ne lui avait-il pas confié un jour qu'il se sentait très seul avant de la rencontrer ? N'eût été le pas qu'elle avait posé en prenant son numéro, ils ne se seraient certainement jamais mis ensemble...

Pourtant, ils filaient aujourd'hui le parfait amour. Que de moments heureux depuis cette époque ! Projets d'avenir, mariage, naissance des enfants et construction de leur maison. Tout y était désormais. Kathleen eut un sourire en descendant de sa voiture. Elle était arrivée à la maison.

Chapitre 8

1/

En ouvrant la porte, Zoé crut rêver quand elle aperçut Kyle, son maître de stage, l'objet de tous ses rêves et fantasmes. Il était arrêté là, tout beau, à la main un joli bouquet de fleurs. Comment était-ce possible ? Comment avait-il retrouvé sa maison ? Zoé sentit monter en elle, une pouffante chaleur. Elle n'osait l'inviter à entrer, peut-être lui poser un tas de questions. Mais il lui était impossible d'en formuler.

Kyle s'agenouilla sous les yeux hagards de la jeune femme conquise, et lui tendit le bouquet de roses. Zoé tremblait de la tête aux pieds. Les larmes brouillaient ses yeux. Elle plaqua ses mains sur sa bouche ne sachant quelle attitude adopter.

Le cœur battant à tout rompre, Kyle lui déclara sa flamme. Zoé, confia-t-il, était la fleur dont les pétales jamais ne flétriraient. L'amour qu'il éprouvait pour elle enivrait son cœur comme un vin plein d'aromates précieux. C'était un feu dévorant. La peur de la perdre l'épouvantait comme un ouragan. Il avait besoin d'elle dans sa vie pour être et retrouver son équilibre. Sans elle, il était aussi vulnérable qu'une paille que le vent emporte.

La jeune femme ne respirait plus. Elle était suspendue aux lèvres de Kyle, à l'image de toute sa famille. Délicatement, elle le releva et sauta à son cou, avec un sourire lumineux. Comme elle était heureuse ! Elle aussi l'aimait depuis toujours. Tous deux versèrent des larmes de joie. Leur histoire était ainsi née. La famille Zamblé avait accepté de leur donner une chance afin de permettre à leur amour naissant de bourgeonner.

Les tourtereaux sortirent marcher dans la nuit, se tenant par la main. On eut dit qu'ils avaient attendu ce moment durant toute leur vie. Entre de langoureux baisers, ils peignirent un avenir radieux. Les jours qui suivirent cette nuit exceptionnelle, ils n'eurent plus envie de se quitter. Ils les passèrent à s'embrasser et à se caresser fiévreusement dans l'appartement de Kyle où Zoé avait aménagé sur son insistance pour vivre pleinement cette passion dévorante dont ils n'étaient plus maîtres.

2/

Les jeunes amoureux ne virent pas les années s'écouler. La semaine suivant la célébration de leurs deux années de vie commune et la demande officielle en mariage de Kyle, le couple fêtait encore un heureux évènement. Zoé était promue par le ministre de la Communication dont elle était désormais la plus proche collaboratrice. C'était une promotion inespérée qui valorisait tout l'excellent travail qu'elle abattait au sein dudit ministère.

Comblés par cette immense promotion, les tourtereaux convièrent tous leurs proches à un copieux repas. Ce midi-là, en effet, la maison était bondée. Nul ne comptait se faire conter l'évènement. Tout le monde avait un mot gentil pour la star du jour, bien mise dans une sublime robe sexy. Elle rayonnait de bonheur aux côtés de son charmant fiancé, avec qui elle faisait le service. Ce fut un très beau moment de communion. L'on échangea à cœur joie autour de délicieux mets concoctés par l'hôtesse du jour et ses amies. L'on mangea et but à satiété. L'alcool aidant, quelques personnes firent même des discours improvisés applaudis dans des fous rires.

À 20 h, après avoir raccompagné les derniers invités, Zoé vint retrouver son amoureux au salon. Elle sortit une bouteille de champagne qu'elle leur avait réservée. Kyle la dévisagea d'un air surpris tandis qu'elle les servait. Elle lui tendit sa coupe et prit place à ses côtés sur le canapé.

— À nous ! Trinquèrent-ils joyeux. Ils portèrent les coupes à la bouche sans se quitter des yeux comme de nouveaux amants.

— Je t'aime, dit-elle en cherchant ses lèvres. Ils s'embrassèrent les yeux fermés. Comme une enfant, elle se blottit dans ses bras.

— Je suis heureux pour toi mon cœur. Tu mérites cette promotion. Comme quoi, un travail bien fait est toujours récompensé.

— Tu as raison mon amour. Tu as toujours su trouver les mots pour m'encourager. C'est un réel bonheur de t'avoir pour mari.

— Et moi, je suis fier d'avoir pour femme la plus belle fleur du monde.

Émue jusqu'aux larmes, Zoé posa sur son homme un

regard tendre, plein d'amour. Il avait toujours su lui montrer qu'elle était spéciale. Comme elle était chanceuse Zoé ! Depuis que Kyle avait posé les yeux sur elle, plus aucune femme n'avait compté pour lui. Avec très peu d'amis à son actif, il incarnait le modèle d'hommes auxquels rêvent toutes les femmes ; riche, intelligent, attentionné et toujours disponible. Il la surprenait au quotidien, faisant de chaque jour une merveille.

Ce soir, elle désirait danser pour lui. Elle se leva avec un sourire coquin, la coupe de champagne à la main et mit une douce musique. Puis, elle l'invita à la rejoindre sur la piste de danse improvisée. Sur cette langoureuse musique, leurs deux corps se collèrent, leurs lèvres se soudèrent. Quels instants spéciaux que ces minutes d'évasion, d'abandon, de paix ! Ils voyagèrent, se tenant dans les bras, emportés par des mélodies qui berçaient leur âme dans leurs moindres proportions. Et elle lui demanda de lui faire l'amour. Elle avait envie de le sentir en elle et le lui signifiait en joignant l'acte à la parole. Par ailleurs, elle plaqua la main sur sa bouche pour l'empêcher de formuler une hypothèse quelconque. Ce soir, elle se fichait pas mal que la porte ne fût pas fermée. La jeune femme avait envie qu'il la prenne là sur le canapé et la conduise dans les cieux. Déjà, elle s'affairait à remonter sa courte robe et l'invitait à l'exploration de son trésor. Tous deux poussèrent de légers gémissements.

Ah, Zoé ! C'était ainsi que Kyle l'aimait ! Elle n'était pas que jolie physiquement. Elle apportait à tous leurs rapports sexuels une sorte de connexion presque surréaliste. C'était un pur bonheur que de lui faire l'amour. Il y avait en elle, cette chose indéfinissable qui le tenait. Elle était de ces rares femmes qu'on ne pouvait pas ne pas aimer. Quelques minutes plus tard, on entendit dans toute la pièce les râles de plaisir de deux êtres dont les deux corps brûlants de désir ne faisaient plus qu'un.

Chapitre 9

1/

Sandra inspecta une dernière fois encore, la valise de son époux. Elle en était désormais certaine. Tout y était. Comme à son habitude, par instinct de mère, peut-être, elle s'assura d'avoir tout rangé, depuis les costumes jusqu'à la pâte de dentifrice. Satisfaite, elle la referma et alla retrouver son homme dans la salle de bain. Debout devant la glace, il portait un costume de luxe. Elle trouva qu'il était aussi beau qu'un prince charmant. Il lui rendit son compliment par un tendre baiser tandis qu'elle lui nouait sa cravate.

Délicatement, il enlaça son épouse et l'embrassa langoureusement. C'était un moment agréable et Debasse le lui devait, surtout qu'il l'avait dissuadée la veille sur sa volonté de l'accompagner à cette énième mission en Allemagne. En effet, l'homme avait argumenté son implacable refus par le fait qu'il avait un agenda très chargé et n'aurait pas une minute à lui. Aussi se serait-elle ennuyée à mort. En revanche, il promettait de l'emmener en vacances à Dubaï, lors de ses prochains congés, ou dans la destination de son choix.

Sandra n'y avait trouvé aucun inconvénient. D'ailleurs,

elle avait plutôt bien apprécié l'idée. Comme toujours ! Jamais, elle ne contrariait son homme. Elle était le prototype de la femme soumise. En 25 ans de mariage, elle continuait de lui témoigner un amour parfait.

— Mon cœur, à ce rythme, je risque de rater mon avion, remarqua-t-il dans un sourire, après qu'ils eurent retrouvé leurs esprits. Ils éclatèrent de rire, tout joyeux. Lentement, ils se lâchèrent et descendirent au garage.

— Tu vas me manquer, confia Sandra en s'abandonnant dans les bras de son homme.

— Mon amour, c'est juste pour une semaine, reprit-il en l'enlaçant à son tour.

— Allez, vas-y mon cœur. Fais un bon voyage et reviens-moi vite, se résigna-t-elle. Ils partirent pour un autre baiser et d'un signe de la main, elle l'encouragea à monter. Debasse s'exécuta et démarra dans un vrombissement de moteur.

2/

Une fois le gigantesque portail électrique refermé, Sandra se perdit avec bonheur à la contemplation du splendide jardin de sa sublime villa. C'était un coin de paradis de ce magnifique cadre de vie, un régal des yeux, une véritable merveille épurée qui respirait l'élégance et la romance.

Sandra adorait les fleurs de son jardin. Elles étaient toutes belles et irrésistibles, les unes comme les autres, avec une touche singulière de tendresse et de douceur mais elle avait un faible pour les roses rouges. C'était son coup de cœur. Elles avaient la magie d'apporter de la couleur à sa vie et de lui rappeler constamment l'amour de Debasse.

Sandra caressa tendrement une rose et huma délicatement son parfum. C'était un moment délicieux, qui éveilla en elle une série de souvenirs inoubliables.

À la base, c'était un soir ordinaire. Après plusieurs résistances, elle avait fini par accepter l'invitation de Debasse. Le jeune homme, visiblement amoureux, l'avait suppliée durant plus de deux semaines de l'accompagner voir un film au cinéma. Les deux jeunes gens se régalèrent en visionnant la dernière sortie d'Al Pacino. Ce fut 90 minutes de délices. Un vrai bonheur. Cette nuit-là, ils échangèrent des regards complices, des fous rires et des baisers. Tous deux se sentaient bien et heureux d'être ensemble.

Comme toujours, Sandra avait accompagné son chéri dans sa chambre, sans rien redouter. Il avait toujours su se montrer patient et ne la brusquait jamais. Comme à leur habitude, ils s'étaient enlacés, puis embrassés avec fougue. Et alors que tous deux s'y attendaient le moins, ils s'étaient retrouvés sans vêtements, guidés irrésistiblement par cette folle passion qui les dévorait. Cette fois, elle ne lui ordonna pas d'arrêter mais l'encouragea plutôt à continuer par le regard, ses soupirs et gémissements. Il était temps qu'elle affronte ses peurs et appréhensions et se donne à l'homme qu'elle aimait plus que sa propre vie.

Debasse lui avait retiré sa petite culotte pendant qu'elle s'agrippait aux draps, l'invitant en pleurant à continuer. Quelle étrange sensation que d'être déflorée par un membre devenu subitement dur comme un roc ! Quel mélange de sensations que cette conjugaison de la douleur et du plaisir ! Lorsque Debasse se retira, elle était toute confuse. Elle avait pleuré comme une fillette et l'avait griffé de partout. Il la prit dans ses bras, la combla de douces caresses et de promesses. Pourtant, quand il rentra dans la douche, elle s'habilla rapidement et s'enfuit sur la pointe des pieds.

Cette nuit-là, intrigué, Debasse s'était rendu chez elle mais elle refusa de le voir malgré ses supplications. En effet, Sandra avait peur. Elle éprouvait cette indicible peur qui trouble l'âme. Et si Debasse la laissait tomber parce qu'il avait finalement bu à son intimité ? Et si ses sentiments pour elle n'avaient jamais existé ? Et si, en fin de compte tout cela n'était qu'une farce ne visant qu'à lui faire l'amour et relever un certain défi ? Dans sa chambre, Sandra se prit la tête entre les mains. Elle ne dormit pas cette nuit-là. Au fil des minutes, ses doutes prirent racine.

Mais le lendemain matin, Debasse était à nouveau chez sa dulcinée avec un bouquet de roses rouges, pour lui réitérer son amour. Il lui avait confié qu'elle était la rose qui donnait de la couleur à sa vie et que jamais il ne l'abandonnerait. Par bonheur, la pureté de ses sentiments avait dissipé les tourments de la jeune femme.

Aussi, quand ils construisirent cette sublime villa, elle avait insisté pour avoir un jardin avec des roses rouges. Elles lui rappelaient leur premier rapport sexuel et la force de leur amour. Sandra descendit de ses souvenirs par un câlin de sa fille. Elle étouffa un sourire pour répondre à sa salutation.

— Je te cherche partout vu que tu ne décroches pas ton téléphone, se plaignit Ilyona.

— Désolée, ma puce. J'ai accompagné ton père au garage et je me suis laissé séduire par la beauté du jardin.

— Je vois, reprit la jeune femme, d'une mine déconfite.

— Qu'est-ce qu'il y a ma puce ? l'interrogea Sandra. Elle n'avait pas l'habitude de la voir dans cet état.

— Mon mécano n'est pas venu avec ma voiture. Et lui aussi, ne décroche pas son satané téléphone, reprit-elle dans une colère mal contenue.

— Ma pauvre chérie, viens-là.

Sandra lui fit un câlin et proposa de lui prêter sa voiture. Cette proposition calma les nerfs de la jeune femme. Un beau sourire naquit et égaya son visage. Les deux femmes rentrèrent dans la pièce de vie en traversant la magnifique terrasse que bordait une grande piscine à l'eau bleue.

Chapitre 10

1/

Comme il franchissait son portail, le cœur serré, confus et troublé, Debasse sortit nerveusement son téléphone et appela Prunelle. Il avait manqué plus d'une vingtaine d'appels de la jeune femme. Qu'est-ce qui lui prenait d'insister de la sorte alors qu'elle le savait à la maison ? Elle tenait à lui faire piquer une crise ou quoi ? Heureusement, il prenait toujours le soin de garder son téléphone sur silence et Sandra n'était point du genre fouineuse comme Prunelle. Sinon, quel enfer ce serait ! Il n'osait même pas l'imaginer.

Elle était bien spéciale, Sandra. Elle ne se hasardait jamais à fouiller discrètement son mobile ou à prêter une oreille attentive à ses communications téléphoniques comme une enquêteuse. Non ! Elle lui vouait une confiance aveugle et un amour indescriptible depuis 25 ans de vie commune. Loin de se lasser de lui et de tous les mensonges qu'il lui débitait ces dernières années, elle continuait de lui porter au quotidien cette attention si particulière.

L'attitude de Sandra n'était-elle d'ailleurs pas le sens même de l'amour véritable, celui-là qui donne sans compter ?

Comment faisait-elle pour avoir à son égard des sentiments aussi intacts au bout de 28 ans ? Dieu qu'elle l'aimait ! En y réfléchissant, cette liaison avec Prunelle devenait un cauchemar. Il luttait contre lui-même, pris entre deux feux. D'une part, les reproches virulents de sa conscience qui, quand ils se faisaient entendre, le plongeaient dans un état de dépression et de grands regrets. Et de l'autre, la passion brûlante de son cœur pour Prunelle. Il suffisait de la voir pour que plus rien n'existe à part elle et elle seule.

La veille, il avait dû batailler comme un beau diable pour dissuader Sandra de l'accompagner en Allemagne cette autre mission factice inventée uniquement pour passer une semaine de rêve dans les bras de Prunelle, sur une plage privée. Ce matin encore, il avait dû lui mentir en la fixant dans les yeux. Comme il était égoïste ! Ne détruisait-il pas, chaque jour, un peu plus, tout ce qu'il avait construit en un quart de siècle pour cette liaison ? Jusqu'à quand traînerait-il cette insoutenable situation ? Dans un soupir, Debasse se résolut à se donner un peu de temps pour trouver une solution.

L'homme gara son véhicule au parking d'Abidjan Mall. Prunelle y faisait des courses. Il lui envoya un message vocal depuis le tableau de bord de sa flambante SUV toute neuve. Ce à quoi la jeune femme répondit qu'elle en avait encore pour une dizaine de minutes. Debasse combla l'attente en s'évadant aux bras d'une playlist de ses meilleures chansons dont le son filtré pénétrait délicieusement chaque fibre de son âme. Dix minutes d'évasion ! Debasse était aux anges. Par moment, il en fallait tellement peu pour rendre heureux… Si bien que l'homme ne vit pas Prunelle arriver à la voiture.

— À qui rêves-tu mon amour ? l'interpella-t-elle. Il émergea de son univers magique, lui ouvrit la portière et l'invita à monter avec le sourire. À l'intérieur, ils échangèrent un langoureux baiser. Puis Debasse dévisagea la jeune femme avec une tendresse inouïe. Elle était fort belle et portait en substance une petite robe sexy qui dévoilait ses belles jambes. Il ne résista pas à l'envie de l'embrasser à nouveau. Prunelle ne demandait que cela. Ils partirent pour un très long baiser. Tous deux en eurent presque le souffle coupé mais alors que Debasse mit le contact, il aperçut dans le rétroviseur, Kyle qui l'observait. Sans un mot, ils échangèrent un bref regard et tous deux détournèrent les yeux. Debasse démarra alors dans un crissement de pneus. Il manqua de peu de percuter une voiture qui faisait son entrée au parking.

— Attention ! hurla Prunelle.

— Désolé, mon cœur, je ne l'avais pas vu arriver, dit-il en poussant un soupir.

— Il s'en est fallu de peu pour que tu lui rentre-dedans...

— Je suis vraiment navré, reprit-il, en mettant le pied au plancher pour quitter les lieux sans perdre une seconde. Comme il l'avait échappé belle. Maintenant, il devait une explication à Kyle.

2/

L'élégant crossover dans son champ de vision, à l'instant, était bien celui de Debasse. Il en connaissait l'immatriculation par cœur comme un poème d'enfance. Encore que, jamais, il n'oublierait le regard de l'homme. C'était l'expression même de l'épouvante. Même la vue du diable en personne n'aurait pu susciter une terreur identique. Kyle paria que s'il disposait d'un quelconque pouvoir, il se serait évaporé par un coup de baguette magique.

Le visage pâle, décomposé par un dégoût qui lui retournait l'estomac, Kyle se demandait s'il ne cauchemardait pas. La scène dont il venait d'être témoin lui enlevait toute énergie. Toutes ses forces l'avaient lâché et l'avaient abandonné à la souffrance et aux gémissements. En effet, c'était bien Debasse qu'il avait vu, en personne, s'amourachant délibérément au volant de sa voiture et cela dans un parking public.

Que se passait-il ? Kyle hallucinait... C'était certain. Ce n'était pas Debasse mais plutôt une fausse vision, un montage grotesque du destin pour le déstabiliser. Il n'avait rien vu. C'était un leurre sinon le choc pourrait lui être fatal. Ce serait comme tomber à la renverse dans un abîme sans fin. En l'espace de deux minutes, le visage de Kyle dégoulinait de sueur.

Il fallait qu'il se pose mais le sol, sous ses pieds se dérobait. Une étouffante douleur à la poitrine empêchait l'air d'alimenter ses poumons. Son cœur s'arrêtait. Il n'y avait plus aucun doute. Dans un geste désespéré, il s'affaissa sur son véhicule, cherchant à appeler de l'aide. En vain. Il avait beau crier, aucun son ne sortait.

Il étouffait ! Le chagrin lui brûlait les yeux. Le regard hagard, il fixa aveuglément l'endroit où Debasse était garé. De grosses larmes épicées lui brouillaient maintenant les yeux. Au bord du précipice et conscient de son impuissance, Kyle se mordit amèrement les lèvres.

À quoi rimerait sa vie maintenant ? Comment réussir à chasser de son esprit le long baiser échangé amoureusement, là sous ses yeux incrédules ? Kyle poussa un cri déchirant comme un animal agonisant, lâchant enfin prise. Que se passait-il avec Debasse ? Pourquoi une trahison pareille ? Kyle voulait tellement comprendre, avoir ces réponses qui apaisent. Mais le silence lui répondit sans le quitter des yeux. Alors, dans son interminable désarroi, il se moucha bruyamment à s'abîmer les narines.

— Kyle, tout va bien ? demanda Zoé, le fusillant du regard. Elle bouillait de rage comme une vieille marmite villageoise. Il ne l'avait pas vue arriver. Pourtant, moulée dans une robe de luxe qui magnifiait merveilleusement ses formes, la jeune femme se tenait en face de lui, les mains aux hanches. Son beau visage de fée s'était métamorphosé en un roc tant la colère la rongeait.

— J'ai eu un malaise mais je crois que ça va, expliqua-t-il en essuyant son visage à l'aide d'un mouchoir qu'il sortit de sa poche.

— Tant mieux ! J'ai besoin de toi pour conduire le caddie et je n'ai pas toute la journée, reprit-elle d'un ton méchant.

— C'est très rassurant de manifester ton attention pour mon état de santé, fit-Kyle en fonçant les sourcils.

— Écoute, je n'ai pas envie de m'énerver ce matin. Cela fait 15 minutes que je te cherche partout alors que t'es resté à la voiture pour mater des pétasses.

— Pfffffff. Et ça recommence. T'es pathétique !

— Idiot ! C'est ta mère qui est pathétique.

— Je t'interdis de faire allusion à ma mère, tu entends ?

— La vérité fait mal hein ! La pauvre ! reprit Zoé avec un sourire.

— Je te demande pardon ?

— Tu pensais que j'allais te laisser m'insulter sans me défendre ?

Kyle poussa un soupir de soulagement. Ce serait l'apocalypse si Zoé était informée de la liaison de son père. Il n'osait même pas imaginer ce dont elle serait capable si elle détenait cette information. Même une assurance vie n'aurait été aussi capitale.

Perchée sur de hauts talons de marque, la jeune femme fit le tour de la voiture, prit le volant et avant que Kyle n'en revienne, elle démarra en trombe.

Levant les yeux et les bras au ciel, Il la regarda s'éloigner en débitant des jurons. C'était désormais tous les jours ainsi. Depuis sa promotion, elle n'en finissait plus avec les sautes d'humeur farfelues et les caprices interminables. En réalité, Kyle ne comprenait pas la raison pour laquelle, il la supportait encore. Certains jours, et cela devenait de plus en plus fréquent, il remettait leur relation en cause. Là, maintenant, il se demandait jusqu'à quand il allait s'entêter à s'infliger autant de souffrances ?

Kyle héla un taxi d'où étaient descendus un couple et ses deux enfants. La joie des gamins l'apaisa comme une berceuse. Il les regarda sautiller aux bras de leurs parents, à qui ils dressaient à brûle-pourpoint une liste de glaces, de chocolats, de biscuits et de bonbons à acheter. Kyle sourit aux enfants. Ils lui faisaient envie. C'était de cette vie-là, dont il avait besoin. Et visiblement, Zoé ne semblait plus être intéressée. Elle avait annulé deux fois déjà la date de leur mariage. Il n'était plus sûr qu'elle fût l'épouse amoureuse dont il rêvait pour former une petite famille heureuse. Il avait subitement marre des soirées mondaines et des shoppings à gros budgets dont elle était fan.

La trahison de son père, surpris aux bras de cette autre femme, lui ouvrait les yeux sur l'incertitude de la vie. Rien n'est vraiment acquis. Au fond, c'était la preuve même qu'aucune fondation n'est inviolable. Debasse, mari infidèle et père indigne ! C'est le monde à l'envers. Kyle plaignait sa mère. La pauvre. Son monde s'effondrait et elle n'en savait rien.

Dans le taxi, il comprit combien il avait besoin d'apporter de la couleur dans sa vie. Cela débutait par avoir une femme ainsi que des enfants. Et si Zoé refusait toujours de lui en donner, sous prétexte qu'elle était trop jeune pour s'user par une maternité précoce, il mettrait un terme à la relation. Concernant son père, il lui parlerait d'homme à homme, sans faux-fuyant, sur la nature de sa relation avec la jeune femme de la voiture. Il espérait pour lui que ce n'était rien de sérieux, qu'une aventure sans lendemain. Dans tous les cas, il lui ordonnerait d'arrêter cette stupidité immédiatement sinon, il en informerait personnellement sa mère. Dans une grande inspiration, du clavier de son téléphone, il composa le numéro de sa génitrice.

Chapitre 11

1/

Le jour, en ce matin de novembre, était d'une rare beauté. Là-haut, le soleil portait à la perfection une robe rayonnante couleur or dont l'éclat flamboyant égayait les sens et réchauffait les cœurs. Le sourire mythique qu'il affichait en ce jour levant laissait présager une belle journée.

Paressant encore au lit, Sandra et son amie Kathleen papotaient au téléphone depuis des heures. Elles faisaient le tour de multiples sujets comme de vraies commères. La causerie battait son plein quand elles eurent soudain des envies de plage et de shopping. Joyeuses et surexcitées comme des gamines, elles applaudirent cette idée géniale par de grands éclats de rire.

C'était décidé, il n'y avait pas de temps à perdre. Elles filèrent aussitôt sous la douche pour se garer l'heure d'après, l'une à la suite de l'autre, au parking d'un hyper centre commercial. En moins de deux heures, les deux femmes avaient les bras chargés de sacs de shopping de plusieurs enseignes. Pourtant, elles n'en finissaient pas d'apprécier. Elles achetaient tout. Rien ne leur résistait. On eut dit de sublimes jeunes femmes de 18 ans à l'aube d'un rencart.

— Elle est faite pour toi ma puce, c'est un bijou, fit Kathleen à son amie, hésitant à choisir une robe de soirée.

— Décidément, tous les articles sont des bijoux à tes yeux, nota Sandra dans un sourire. En effet, Kathleen avait sorti le même argument dans la boutique de sacs à mains d'à côté et dix minutes plus tôt dans celle de chaussures. Elle avait un coup de cœur pour tout et elle dépensait sans compter.

— Cette fois, tu peux me croire mon cœur. Debasse va s'extasier en te découvrant dans cette robe. Je te le jure, commenta-t-elle. C'était tellement difficile de dire non à Kathleen surtout quand elle avait ce regard-là. Sandra éclata de rire.

— Ça va, ma grande ! Tu as gagné. Je la prends. Kathleen jubila en serrant son amie dans ses bras. Elles rirent de bon cœur et firent encore des achats considérables dans plusieurs autres commerces.

À 14 h, les amies se posèrent dans leur restaurant préféré pour déjeuner. Ici, elles étaient des clientes de prestige et elles y mangeaient toujours à satiété.

Une fois à table, entre les entrées, le plat de résistance et le désert, Sandra et Kathleen égrainèrent des souvenirs couchés sur le passage du temps. Il y en avait de toutes les colorations. Certains étaient délicieux comme le plat du jour par exemple. Ceux-là, elles se permettaient de les savourer délicatement à l'image du bon vin qu'elles buvaient. Par contre, d'autres étaient souvent aigres comme du cornichon. Elles en coulèrent quelques larmes. Mais elles conclurent pour finir que la conjugaison de tout cela faisait le charme de la vie. Elle seule avait la capacité d'offrir d'une main et d'arracher de l'autre, sans éprouver le besoin de donner une explication.

Au bout des pages du bouquin de sa vie, qu'écrivait d'une plume sereine le passage du temps, Sandra revit, non sans une profonde nostalgie, la naissance de ses enfants. Mais plus particulièrement celle de Kyle, son tout premier ! Il était tellement beau qu'elle ne put s'empêcher de verser des larmes de bonheur quand elle vit ce nourrisson si fragile sortir du fond de ses entrailles. Ses pleurs avaient effacé systématiquement les terribles douleurs de l'enfantement. Elle n'avait qu'une seule obsession, le prendre dans ses bras de mère et le protéger. Plus il pleurait, plus cela lui déchirait le cœur et elle réalisait qu'elle ne pourrait plus vivre sans lui. Quand elle le prit dans ses bras et lui donna à téter, elle comprit le sens du bonheur. Il était là, à sa portée. Neuf mois durant, elle l'avait porté en elle.

Sandra se remémora leur silencieuse communication. Comment oublier cet échange si particulier ? Comment oublier la fusion de cette intime partie de soi qui grandit au fond de soi ? Le miracle de la vie était là. Palpable et Impeccable ! Jamais, Sandra n'oublierait ces moments d'extrême émotion et de complicité. Andrew avait suivi deux années plus tard. Avec la course inébranlable du temps, ce bout de chou d'hier, était un grand gaillard de 23 ans aujourd'hui. Sous peu, il sera aussi appelé à les quitter pour s'attacher à sa femme. L'expérience de Kyle laissait à désirer. Sandra marqua une pause pour prendre une gorgée. En parlant de femme, elle savait que sa petite dernière, sa princesse Ilyona, en était désormais une. Est-ce qu'elle avait déjà rencontré l'amour ? Souvent, elle se posait plein de questions sur le sujet. Mais, là encore, elle usait de tact pour ne pas lui donner l'impression de s'immiscer dans sa vie sentimentale et perdre sa confiance. En la matière, les enfants, vaut mieux les avoir avec soi que contre soi. Sinon, il y a bien longtemps qu'elle aurait ouvert les yeux de Kyle et mis Zoé à sa place.

— Je crois que nous devons être fières de la grâce que Dieu nous fait d'avoir des enfants. Après, ils doivent vivre leur vie, avoir leurs propres expériences. On ne pourra jamais les protéger de tout sinon les porter continuellement en prière, intervint Kathleen.

— Je crois, moi, que tu es saoule. C'est toi qui parles de prière continuelle alors que tu ne pries jamais ? remarqua Sandra sur un air de moquerie.

— Écoute, n'essaie pas d'aller sur ce terrain-là avec moi. Te souviens-tu de la dernière fois où tu es allée à l'église ? répliqua Kathleen sur un ton de défi.

— Dimanche dernier, fit Sandra, relevant le torse avec une certaine fierté.

— Oui, c'est ça ! Regarde-moi bien. Je suis mère Theresa, renchérit Kathleen. Les deux femmes pouffèrent de rire.

Kathleen avait réussi à détendre son amie. Elle n'ignorait pas ses appréhensions sur la relation de Kyle et Zoé. Aussi la rassura-t-elle. Il était un grand garçon et il saurait d'une manière ou d'une autre se défendre face aux caprices de l'amour. Elle soutint par ailleurs que chacun avait son histoire et que le chagrin pouvait constituer une bonne école de l'amour et de la vie. Elle lui raconta ses quelques chagrins cachés.

— Sans blague ? Intervint Sandra en ouvrant grandement les yeux et plaquant la main sur sa bouche.

— Je n'ai jamais autant pleuré pour un garçon, répliqua Kathleen. Mais ça m'a aidée dans la suite de mes autres aventures.

— J'imagine ! Ma pauvre chérie !

— Je croyais qu'il m'aimait ; or, je n'étais juste que le trophée d'un pari entre copains.

— Ce n'est pas vrai. Non ! Il est méchant et sans cœur !

— Les hommes n'ont pas de cœur, juste des couilles, je t'assure.

— Elle est bien bonne celle-là, reconnut Sandra en éclatant de rire.

— Je ne te le dis pas. Mais le salaud, je me suis vengée de lui.

— Ah bon ? Raconte !

— J'ai séduit son meilleur ami et j'ai commencé à baiser avec lui. Au début, il semblait ne pas en être affecté mais pour finir, il ne le supportait plus. Les hommes sont égoïstes et orgueilleux. Mais il a capitulé et m'a suppliée à genoux de me remettre avec lui, dit qu'il m'aimait et regrettait son acte. C'était trop tard car son ami et moi étions tombés amoureux. Il est devenu l'objet de railleries de ses copains si bien qu'il se retrouva seul et abandonné. Je l'ai vu mourir à petit feu sans aucune compassion jusqu'à ce que son père soit affecté dans une autre ville.

— Tu m'étonnes ! L'enfoiré. Il en a eu pour son compte, fit Sandra, satisfaite de la réaction de son amie.

— C'est aussi cela le charme de demain. La vie est imprévisible.

— L'amour encore plus. D'ailleurs, je me demande comment je réagirais si Debasse me trompait.

— T'es folle ou quoi ? Ton mari est un enfant de chœur.

— Du tout Katy ! Dernièrement, il a trop de missions. Le

jour de son départ pour l'Allemagne, par exemple, je l'ai senti anxieux comme s'il me cachait quelque chose. Il n'était pas maître de lui. Comment dire ? Il n'était pas serein.

— Ma chérie, tu te fais des films à cause du vin. Tu l'as dit toi-même, tu voulais effectuer le voyage avec lui et il a dit qu'il n'allait pas être disponible. Du coup, il s'est senti mal à cause du refus.

— Je vais supposer que tu as raison. Sinon, si Debasse me trompait, je pourrais être capable de le tuer.

— Écoute ma grande, je crois qu'on va rentrer, tu as assez bu. Les deux femmes échangèrent des sourires complices, réglèrent l'addition et prirent congé l'une de l'autre.

2/

Ce soir-là, l'ambiance à la résidence était très chaleureuse. Sandra dînait tout heureuse en compagnie de ses enfants. Ces derniers l'avaient entourée comme dans un certain passé, assez lointain désormais. Dans la vaste salle à manger, ils occupaient leur siège respectif comme si rien n'avait changé. Et pourtant, ils n'étaient plus là. Mais la mère poule appréciait, à sa juste valeur, le cadeau que lui faisait le coucher du jour. Quel heureux hasard que d'avoir les siens pour quelques heures !

En effet, depuis son retour du shopping, Sandra n'avait pas réussi à faire la sieste. Dans le lit, elle s'était creusé les méninges à cogiter sur une probable infidélité de Debasse. Durant des heures entières, elle avait stressé à coup d'hypothèses, de rapprochements des faits et de scénarios fatalistes, qui visiblement n'arrangeaient pas les choses. Sinon, amplifiaient son tourment.

La mère de famille avait beau essayer d'épurer ses pensées, les contrôler et les orienter, elle n'y parvenait point, jusqu'au coup de fil salvateur d'Andrew. Le garçon était passé prendre quelques affaires à la maison et souhaitait lui faire un câlin avant de s'en aller. Emballée, Sandra descendit sur le champ retrouver son rejeton. Comme il lui avait manqué ! Aussi l'implora-t-elle presqu'à genoux de rester dîner à la maison. Elle avait besoin de profiter un tant soit peu de sa présence.

Désarmé par les câlins de sa génitrice, le jeune homme annula tous ses rendez-vous. Il était à elle ! En contrepartie, sa mère devait lui concocter son plat préféré.

— Tes désirs sont des ordres mon cœur, dit-elle d'un joli sourire en se hâtant à la cuisine.

— Tu es la meilleure ! Je vais me régaler, reprit-il en se frottant les mains. Sandra éclata de rire. Elle était heureuse que ses mets lui manquent encore ! Du reste, Andrew lui fit passer un bon moment en la gavant de blagues délirantes. À ses questions, il lui parla de filles qui le draguaient et d'une qu'il kiffait discrètement mais n'osait encore faire le pas. Ce fut une révélation de taille qui amusa Sandra. Mais Andrew lui déconseilla de faire un commentaire quelconque. Elle le lui jura en faisant des grimaces. Tous deux éclatèrent de rire.

À 18 h, ils enregistrèrent la visite surprise de Kyle. Sandra le reçut à bras ouverts. Elle avait du mal à masquer sa joie. Elle prit les nouvelles de son aîné sans perdre de temps. Tout allait bien. Il était en bonne santé, son entreprise prospérait et Zoé devenait de plus en plus capricieuse. Ils éclatèrent de rire.

—...Je n'arrive pas à vous joindre. Le téléphone de papa ne passe pas et le tien sonne sans suite, dit-il en prenant place dans le canapé aux côtés de son petit frère.

— Désolé mon chéri, je dormais. Ton père, par contre, s'est envolé ce matin pour l'Allemagne.

— Ce matin ? demanda-t-il en fronçant les sourcils.

— Oui, oui ! Il s'est envolé à 10 h. Je l'ai eu au téléphone avant l'embarquement, expliqua Sandra, affairée à nouveau dans sa cuisine.

— Je vois ! reprit Kyle. Voilà que tout était clair. Debasse trompait sa mère. Alors qu'il se pavanait à 11 h, sous ses yeux, à Abidjan, en compagnie de sa maîtresse, il lui mentait en prétendant partir pour l'Allemagne. L'infidélité de son père était désormais une certitude. Kyle se prit la tête entre les mains pour cacher son anxiété. Andrew le dévisagea, l'air curieux.

— Dis jeune, tout va bien ?

— Ouais, tranquille, frérot. Un match, ça te dit ? Esquiva-t-il astucieusement pour ne pas éveiller de soupçons qui fâchent. Andrew acquiesça sa proposition en hochant la tête.

—... Parfait ! Apporte-moi d'abord une bière avant de te prendre une raclée.

— Tu peux rêver frangin ! dit Andrew en se levant pour leur apporter des canettes de bière. Puis les deux jeunes gens entamèrent une partie de console.

De la cuisine, Sandra pouvait les entendre crier comme des gamins. Ils avaient beau avoir pris de l'âge, ils demeuraient ses bambins à vie, fruits de l'amour inconditionnel qu'elle et Debasse se vouaient. Elle se résolut à penser qu'elle se faisait sûrement du mauvais sang inutilement. Debasse ne détruirait jamais leur famille pour une autre femme. Pourquoi ferait-il cela ? Ne s'évertuait-il pas à lui rappeler constamment qu'elle et les enfants comptaient plus que tout au monde ? Au bout de tant de raisonnements rationnels, Sandra conclut qu'elle n'aurait jamais dû douter de son homme. À son retour, elle lui confierait ce petit moment de doute et lui présenterait des excuses. Cette résolution soulagea son âme.

Au salon par contre, Andrew malmenait son aîné. Il n'en finissait pas de perdre. Ilyona arriva à temps pour stopper le massacre. Elle plongea sur ses frères adorés. Comme elle était heureuse de les voir !

— C'est qui la princesse des Debasse ? demanda Kyle en lui faisant de gros câlins.

— C'est moi, dit-elle d'une douce petite voix, comme une gamine.

— Sœurette, tu deviens de plus en plus canon hein ! Complimenta Andrew en la serrant à son tour dans ses bras.

— Vous êtes mignons mes amours ! dit-elle en se servant une canette de bière. Cela faisait chaud au cœur de les entendre jouer, se chamailler et rire de la sorte. Sandra en était comblée. Plus tard, après le dîner, ils l'abandonnèrent devant un film. Il était temps de se faire une soirée festive et arrosée entre frères et sœur. Surtout que c'était Ilyona qui invitait.

Chapitre 12

1/

Prunelle n'arrivait pas à trouver le sommeil malgré des efforts démesurés. Une angoisse sans précédent consumait douloureusement son être, empêchant tout abandon dans les bras de Morphée. À ses côtés par contre, rassasié d'amour, lessivé par nombre de jouissances explosives, Debasse dormait profondément. En effet, les amoureux n'y étaient pas allés de main morte. Jamais, ils ne s'étaient autant envoyés en l'air. Mourant de désir l'un pour l'autre, leurs deux corps n'avaient cessé de se réclamer, et ce, dans une fusion électrique.

La jeune femme en avait les jambes tremblantes. Voluptueuse dans sa sublime tenue d'Ève, elle sortit délicatement du lit, cacha son irrésistible nudité dans une robe de nuit en dentelle et se réfugia sur la plage privée de ce cadre idyllique qui leur servait de nid d'amour depuis sept jours.

Dehors, le ciel dormait. Enroulé dans un immense drap bleu nuit d'où s'échappaient des sourires étoilés, il fendait l'océan par des reflets dorés. On eût dit une œuvre d'art sortie de l'imagination d'un peintre surdoué.

L'air était frais et doux. Prunelle appréciait ses moindres

caresses sur sa peau. Elles étaient délicieuses. Les cheveux dans le vent, elle marchait sur le sable fin. Le ballet des vagues prenait soin, sur son passage, de gommer ses pas chancelants, quand le grognement de la mer déchirait le silence de la nuit.

Prunelle marcha pendant pratiquement une heure. La résidence était loin derrière elle. Le vent se faisait beaucoup plus violent. Elle avait froid mais cette fraîcheur semblait l'aider à ranger ses pensées et apprivoiser ses angoisses.

Là, elle s'immobilisa, croisa les bras comme pour se réchauffer et fixa l'horizon d'où elle ne détourna plus son regard. L'assertion selon laquelle les bonnes choses ne durent jamais semblait prendre sa source dans sa relation avec Debasse. En effet, plus le temps passait, plus la jeune femme réalisait que cet homme qu'elle aimait au-delà de l'imaginable ne serait jamais à elle. Il constituait en vérité un rêve inaccessible auquel elle s'accrochait mais qui s'évaporait malgré tout.

D'ailleurs, la semaine en amoureux ne s'était-elle pas écoulée à la vitesse de l'éclair ? Dans quelques heures, le manque de lui, le vide de son absence, noiera les heures merveilleuses passées ensemble. Elle vivra à nouveau dans le silence mortifère de sa solitude. C'était bien cela sa réalité. Allongée, toute seule dans le canapé, par une nuit sans étoile, avec pour uniques compagnons les coussins serrés fortement dans ses bras, elle songera indéfiniment à lui.

Demain, sa part de rêve sera terminée. Il lui faudra se réveiller et retrouver sa réalité. Se réveiller, comme toujours depuis ces années, pour affronter cette réalité.

Au fond d'elle, elle savait qu'ils vivaient quelque chose de vrai. Leur histoire d'amour était réelle. Mais avait-elle encore la force de passer du chaud au froid ?

Le chaud, c'était ce battement à vive allure de son cœur quand il était là, dans ses pensées, à ses côtés, en elle. Le chaud, c'était cette irrésistible attraction de leurs êtres, cette alchimie qui ne s'expliquait pas. Le chaud, c'était cette passion bouleversante qui leur faisait faire toutes ces folies.

Et des folies délicieuses, hilarantes, excitantes, Prunelle en conservait un lot qui pourrait remplir des salles entières. Les dernières en date remontaient à cette semaine en amoureux. Ils avaient fait l'amour dans les endroits les plus insolites de cette plage privée. Mais les hostilités, ils les avaient commencées en chemin. Prunelle se souvint que dès qu'ils sortirent de l'autoroute et prirent le chemin discret et silencieux qui les conduisait à la plage, elle avait ordonné à Debasse de stationner la voiture dans la broussaille et de lui faire l'amour.

Il n'en avait pas cru ses oreilles et les mains baladeuses de Prunelle s'étaient hasardées sur sa braguette pour en sortir et caresser tendrement son membre devenant sur le coup dur, fort et ferme. Comment oublier cette sublime envolée dans la voiture ?

Le chaud, c'était ces moments uniques d'extrême montée d'adrénaline qu'elle ne pouvait vivre qu'avec lui. C'était cela le bonheur. C'était cela sa part de bonheur. Un homme qui ne lui appartenait pas mais un homme qui la faisait se sentir bien et femme, en l'espace de quelques heures volées à son épouse légitime. C'était cela le bonheur. Ces choses insensées qui remplissent le cœur d'intenses sensations de bien-être, fussent-elles passagères.

Mais cela n'était point sans l'envers du décor. Cela impliquait des sacrifices. Ce bonheur avait un prix, un prix fort même. C'était des moments de solitude, de froid et d'abandon. Le froid, c'était ces nuits sans sommeil pendant que l'homme qui faisait battre son cœur dormait aux côtés de sa femme après lui avoir fait l'amour en lui chuchotant des mots doux.

Le froid, c'était ces jours sans soleil quand l'homme qui faisait battre son cœur ne pouvait finalement se libérer de sa femme et de ses enfants pour venir déjeuner en sa compagnie alors qu'elle lui avait concocté un plat avec amour. Le froid, c'était toutes ces frustrations, ces résignations, la reléguant à la place de maîtresse et rien d'autre.

Dépitée, les épaules écrasées par le poids de son chagrin, Prunelle s'affaissa sur le sable et pleura son amertume. Elle avait besoin d'une vraie vie. Elle avait besoin de mener une vie normale comme toute femme amoureuse, avec des rêves de fillette à réaliser et des projets d'avenir à satisfaire.

La jeune femme chercha les mots dans l'abondance de ses larmes. Elle chercha des forces dans l'immensité de sa douleur. Puis, elle se releva. Il était temps de taire ses sentiments, de braver toutes ses faiblesses, ses peurs et appréhensions et de prendre ses responsabilités.

2/

Debasse n'avait jamais eu autant peur. Prunelle était introuvable. Il l'avait cherchée partout. Où était-elle à trois heures du matin sur cette plage déserte ? Une sueur froide s'empara de l'homme, qui à son corps défendant, dut réveiller le gardien de l'espace. L'homme ensommeillé calma son hôte.

— N'ayez crainte monsieur Debasse, madame a dû faire

un tour sur la plage, tenta-t-il de le rassurer.

— À cette heure-là, toute seule ?! Remarqua-t-il dans son désarroi. Il lui demanda d'informer la police pour ne prendre aucun risque car Prunelle pouvait être en danger mais le gardien lui proposa d'entamer les recherches personnelles à la plage d'abord, avant d'alerter les autorités.

— Peut-être que madame s'est simplement perdue, observa-t-il.

—... Simplement perdue ? T'es taré ou quoi ? Cela confirmerait le danger que je redoute. Mon Dieu, j'espère qu'elle ne s'est pas noyée, reprit Debasse à fond dans ses suppositions alarmistes.

— Touchez du bois, monsieur. Madame va bien. Je sais qu'elle est juste sortie faire un tour, répliqua-t-il.

Les deux hommes partirent à la recherche de Prunelle. Une demi-heure plus tard, ils aperçurent sa silhouette venant dans leur direction. Debasse retint son souffle et courut la prendre dans ses bras. Comme il était soulagé !

Sans lui faire de reproche, il s'assura qu'elle allait bien et il lui expliqua combien son absence l'avait inquiété. Face à ses aveux et l'état dans lequel il se trouvait, Prunelle fondit en larmes. C'était certainement cela qui rendait les choses difficiles. Il l'aimait sincèrement. Elle n'en doutait pas le moins du monde. Elle aussi l'aimait à la déraison mais il était temps de faire un dépassement de soi et des circonstances pour embrasser la réalité.

— Je suis navrée de t'avoir effrayé. Je ne pensais pas que tu te réveillerais si tôt, s'excusa-t-elle.

— Mon amour, je suis heureux de t'avoir retrouvée. Tu n'as pas idée de tout ce qui m'est passé par la tête. J'ai eu tellement peur, avoua-t-il. Prunelle eut un sourire amer tandis que Debasse tentait de l'enlacer à nouveau.

— Je ne veux pas rentrer maintenant. On peut s'asseoir ici ?

— Comme tu veux mon cœur. Debasse renvoya le gardien et s'assit sur le sable aux côtés de Prunelle. Tous deux regardaient la mer et ses vagues, en activité constante. À l'aube du jour levant, c'était un très beau tableau.

— J'ai pensé à toi, à moi, à nous, à ta femme et à tes enfants, entama-t-elle dans une grande inspiration. Debasse se redressa et la dévisagea.

—... Je ne suis pas très fier de te soumettre à une aussi rude épreuve, confia-t-il.

— J'ai besoin d'avoir une vie normale. Je veux être aimée par l'homme de ma vie sans avoir à partager ne serait-ce qu'une infime partie de sa vie. Je veux tout. Le mariage, les enfants et la présence permanente de mon homme. Je ne veux pas me contenter des miettes que me jette une épouse comblée. Je veux une vie normale, Debasse. Je sais que tu ne me la donneras jamais mais je n'ai pas la force de te quitter. Je ne peux vivre sans toi. Tu es toute ma vie. Je ne peux plus me passer de toi et très nettement, il y a des jours où je me sens mal. Tu vois, je t'aime et c'est tellement douloureux parfois...

Sur ces mots inachevés et tous ceux restés en suspens, au fond de son cœur et de ses lèvres tremblantes, Prunelle fondit en larmes. Debasse ravala une énorme boule de salive. Il avait le cœur en feu et les larmes qui lui brûlaient les yeux mais il se contint de toutes ses forces.

Délicatement, il essuya les larmes de la jeune femme, la prit dans ses bras et coucha sa tête sur son épaule. Les propos qu'elle venait de formuler le peinaient tellement. Il avait toujours redouté cette heure, ce moment où l'amour ne suffirait plus. Il voulut la consoler, la remonter, lui faire un tas d'aveux. Mais il se contenta de la caresser tendrement. Il y a des moments dans une vie où tout s'effondre. Le silence seul permet de le réaliser. Plus de mensonge à soi pour se sentir bien ou autour de soi pour donner l'impression d'être bien.

Les amoureux restèrent dans cette posture sans placer un mot jusqu'au lever du jour. Il était temps de rentrer et se confondre au train-train quotidien d'Abidjan. Ils se levèrent et partirent, enlacés l'un à l'autre. Mais bien des choses avaient indéniablement changé.

Chapitre 13

1/

Heureuse comme une enfant, Ilyona prenait beaucoup de plaisir à faire découvrir la discothèque en vogue du moment à ses amours. Elle grouillait de monde et affichait complet car c'était la nouvelle attraction de la nuit abidjanaise mais un simple coup de fil de la sublime Debasse avait suffi pour que ses frères et elle, fussent confortablement installés dans un somptueux salon VIP, où l'on ne consommait que du champagne à fort prix.

Kyle et Andrew pouvaient être fiers de leur princesse. En effet, la renommée de sa boutique la précédait. Non satisfait d'avoir annoncé avec enthousiasme la présence exceptionnelle de la jeune directrice d'entreprise dans son établissement, le DJ lui avait dédié une sélection musicale entière et un encart publicitaire de plus de quinze minutes. Du coup, tout le bar ne la lâchait plus du regard.

— Dis petite, tu ne fais pas dans la dentelle hein, constata Andrew avec admiration.

— Je viens aux contacts de ma clientèle. Tu verras, dès demain, j'enregistrerai de nouveaux clients, piochés justement ici, expliqua-t-elle avec une dose d'assurance.

— Eh beuh, chapeau ma puce. T'es véritablement la fille

de ton père, renchérit Kyle, impressionné par le sens des affaires de sa petite sœur.

La soirée, digne d'un concert géant, battait son plein. Andrew se laissa emporter par l'ambiance folle de ce nouveau temple de la joie. D'ailleurs, il lui était quasi impossible de détacher son regard de la piste où un groupe de radieuses princesses, toutes vêtues de courtes robes moulantes, trémoussaient leurs corps à la perfection. Kyle quant à lui, contemplait, émerveillé, le cadre habilement plongé dans une lumière tamisée.

C'était un régal des yeux. Immense, enchanteur et haut en couleur, il baignait dans un design soft et épuré, visiblement la touche experte d'un spécialiste en la matière. Les meubles respiraient le confort à l'état pur, démontrant une fois encore les moyens colossaux investis. En effet, depuis l'enseigne lumineuse de la façade jusqu'aux toilettes, la classe et le luxe flirtaient dans une étreinte irrésistible.

À l'intérieur, de puissants baffles dissimulés dans le décor débitaient un flot de décibels envoûtants, idéalement filtrés et calibrés. L'on écoutait de la bonne et vraie musique. Il y en avait pour tous les goûts et pour tous les âges, si bien que les mélomanes d'un soir, en délire, en redemandaient à volonté. La vaste piste de danse en verre trempé semblable à un gigantesque podium ne désemplissait pas. D'elle, s'échappait un impressionnant jeu de lumières Led de grande qualité, faisant une rotation infinie de barres à 360 degrés et produisant des effets surprenants. Tout le monde venait s'y illustrer. As ou débutant ! Toutes les barrières étaient franchies. Avec elles, les timidités et les peurs inavouées.

La piste était pleine à craquer. À chacun son heure de gloire. À chacun ses pas et leurs justesses. Chacun faisait bien sa star. Cette nuit, tous les chats étaient bien gris. Surtout que l'alcool continuait à couler à profusion et qu'une vingtaine de magnifiques serveuses, merveilleusement habillées en pantalons taille basse et bodys décolletés assuraient le service avec brio.

De tout côté donc, des échanges à cœur joie, de grands éclats de rire, des tapes amicales, des rencontres et des toasts divers peuplaient cette ambiance unique.

Par ailleurs, l'alcool aidant, après sa troisième coupe de champagne, Kyle se confia à ses frère et sœur. Il leur narra la mauvaise passe qu'ils traversaient depuis un moment avec Zoé.

— Je n'arrive plus à la cerner. Elle n'a plus de temps pour moi, pour nous. Tout ce qui compte, c'est son boulot. C'est devenu impossible d'échanger correctement sans disputes, insultes ou colères, conclut-il dépité. Les deux jeunes gens pouvaient palper son désarroi et sa grande affliction.

— Je trouve pour ma part que Zoé et toi, vous vous aimez énormément. Je pense que c'est juste un passage à vide que vous devez surmonter par une communication franche et sincère. Mais je te conseille de faire preuve de patience envers ta chérie.

— Je rejoins Ilyona. Zoé t'aime. Cette promotion n'est pas facile, car tous l'attendent de pied ferme et elle a besoin de faire ses preuves. Ne la lâche surtout pas. C'est d'ailleurs maintenant qu'elle a le plus besoin de toi, plus que jamais, renchérit Andrew.

— Je comprends aisément ce que vous dites. Ce que j'apprécie moins, c'est le désintérêt cuisant dont elle fait preuve désormais à mon égard. Comment dire ? Notre prochain mariage n'est plus une priorité. Les enfants peuvent attendre. Elle n'est pas prête. Plus aucun projet n'a d'importance sinon satisfaire uniquement son patron. C'est très déprimant. Et puis, il n'y a pas que le travail dans une vie !

— Frérot, laisse-lui un peu de temps. Elle est sous pression présentement. Vous vous aimez donc vas-y doucement, intervint Andrew.

— Vu que nous nous entendons bien, je vais essayer de parler avec elle, proposa Ilyona. Kyle laissa échapper un sourire défait. Apparemment, sa Zoé n'avait que des défenseurs. Toutefois, il était fair-play. Il avait pris bonne note et s'engageait à donner le meilleur de lui-même, même si cela impliquait davantage de sacrifices nouveaux. Il paierait ce prix afin de retrouver l'élue de son cœur et sauver par la même occasion, leur idylle. Parler avec ses cadets lui avait enlevé un énorme poids.

— Sinon toi, quand est-ce que tu nous présentes ton amoureuse ?

— Qui, moi ? répliqua Andrew, surpris par l'audacieuse question de sa sœurette. Il pouffa de rire en fuyant les regards posés sur lui.

— Allez, mon grand, ne joue pas au cachottier. Vends la mèche ! Encouragea Kyle en lui donnant une tape amicale sur l'épaule. Il avait lui aussi, hâte de voir enfin celle qui faisait battre le cœur de son frérot. Pris au piège, Andrew sourit nerveusement, but une gorgée, et se lâcha.

— Je n'ai pas encore de copine, juste des meufs sans intérêt qui me kiffent comme la serveuse, là-bas, qui ne cesse de me faire les yeux doux. Par contre, j'aime bien l'assistante de papa, dévoila-t-il. Il pouvait enfin respirer, depuis tout le temps qu'il cachait cette information au fin fond de son cœur…

— Waouh, Tracy ? s'enthousiasma Ilyona. Je la trouve très belle. Vous êtes assortis. Je valide les yeux fermés.

— Oui, c'est une jolie fille. En plus, elle est très intelligente, confirma Kyle.

— Ne vous emballez pas ! Je ne vous ai pas dit que je voulais me caser. Tracy ne sait rien de mes sentiments. D'ailleurs, je ne suis pas trop sûr de ce que je ressens pour elle, se défendit-il, en sortant presque les griffes.

— Fais pas cette tête. Je pourrai parier qu'elle t'aime aussi, confia Ilyona. Ils éclatèrent de rire. Cela leur faisait du bien de se retrouver.

—... Moi, j'attends encore le prince charmant, annonça la jeune fille sentant une question suspendue aux lèvres d'Andrew. Le jeune homme en eut un sourire taquin.

— Prend tout ton temps mon cœur, rien ne presse, renchérit Kyle d'un ton protecteur.

— T'inquiètes mon grand frère, j'en ai bien l'intention, reprit fermement Ilyona avec un petit sourire de défiance. Un sourire qui en disait long sur les dispositions prises par la jeune fille pour baliser sa vie sentimentale.

En effet, déçue de ses deux premières relations amoureuses, Ilyona avait tiré un trait sur les hommes, le temps de fêter son vingt-cinquième anniversaire. Selon sa petite expérience, il s'était avéré que ses deux compagnons n'envisageaient uniquement que dénuder sa plastique de rêve, couler son string sur ses belles fesses, et la sauter sans autre forme de procès.

Ilyona le pensait haut et fort. Sinon comment deux individus qui ne se connaissaient pas, rencontrés à différents moments de sa jeune vie, pouvaient-ils projeter de façon unanime, de se l'envoyer le soir même de leur second rendez-vous ? Les hommes étaient-ils autant sous l'emprise malsaine du sexe ?

Fière d'avoir réussi à faire échouer les sales projets de ses ex-compagnons qui ne la méritaient pas, Ilyona faisait désormais attention. Elle était bien prudente. En effet, la jeune fille avait décidé, au soir de sa deuxième mésaventure, de ne plus donner une moindre chance à un homme quelconque. Nul, avant son ultimatum, fût-il le prince d'Angleterre, n'aurait accès à son attention, sa tendresse, son cœur, ses baisers, encore moins son corps. Elle était demeurée ferme et inébranlable, si bien qu'on ne dénombrait plus ses victimes. Elle leur arrachait le cœur comme un vampire sans que le sang qui en jaillissait ne l'éclabousse nullement.

Pour revenir à la soirée donc, les Debasse ne virent pas le temps s'enfuir. Ils s'étaient laissé immerger par l'ambiance festive de la discothèque. Sur insistance de ses frérots, Kyle avait fini par leur démontrer ses talents de danseur. Folle de joie, Ilyona, qui échangeait depuis un certain moment par texto avec Zoé, lui envoya des clichés de son chéri avec des émoticons, et la supplia de les rejoindre.

Une heure plus tard, lorsque la jeune fille regarda sa montre, il était trois heures du matin. Alors, prétextant aller aux toilettes, elle régla discrètement la note afin de s'éclipser. Elle paria que les garçons ne voudraient surtout pas rentrer maintenant, car Zoé était là, depuis un quart d'heure à peine et la jolie serveuse, aux gros nichons, n'en avait pas encore fini avec Andrew. Mais alors qu'heureuse de sa ruse, elle attendait tranquillement sa monnaie au comptoir pour rentrer, elle le vit sortir des toilettes. Son cœur s'arrêta automatiquement.

2/

Une décharge électrique traversa le corps d'Ilyona. Elle eut la sensation d'être lâchée par ses moindres résistances. Les jambes tremblantes, dans un instinct de survie, elle s'agrippa à l'une des chaises du bar pour ne pas s'écrouler. L'ange de sa merveilleuse vision passa près d'elle sans la remarquer.

Ilyona retint son souffle et ferma les yeux instinctivement comme les passagers d'un avion traversant une zone de turbulences. Une peur intense envahit tout son être, de la pointe des pieds jusqu'à sa chevelure. On eut dit ces fois, d'il y a très longtemps, où elle appréhendait la réaction de sa mère à cause d'une gaffe commise. C'était la même sensation, grandeur nature, cette fois. Toujours agrippée à la chaise, la jeune fille se demandait quelle bourde elle avait commise cette fois. Et elle comprit, vu la chute dont elle était victime, qu'elle n'avait pas à poser les yeux sur lui. Mais l'avait-elle fait exprès ? Pouvait-elle deviner qu'elle le rencontrerait là ? Depuis quand est-ce qu'un inconnu pouvait se donner le droit de lui ravir son cœur ? Du bout des lèvres, elle murmura cette défense sourde. Elle ne l'avait pas fait exprès. Une raison de plus donc pour quitter les lieux sans se retourner, au risque de fondre sous son regard comme une glace exposée au soleil. Il lui fallait fuir pour ne pas lier son destin au sien. C'était là, une résolution intelligente et réfléchie. Fuir avant de constater les dégâts. Oubliant de prendre sa monnaie, dans une grande inspiration et un ultime effort surréaliste, Ilyona retrouva la sortie, sur la pointe des pieds. Elle ouvrit la portière de son véhicule, les mains tremblantes et démarra, le cœur continuant de cogner bizarrement dans sa poitrine.

Elle roula sans s'arrêter. L'inconnu de la discothèque pourrait la rattraper si elle s'y hasardait. Il n'en était pas question. Il n'imaginait pas tous les sacrifices qu'elle avait faits, pour ne plus aimer qui que ce soit, pour quelques raisons que ce soit, pour demeurer vierge et pure au soir de ses vingt-cinq ans.

Les yeux fermés, Ilyona inspira et expira en un seul mouvement. Elle se passa les mains dans les cheveux comme pour effacer l'image de ce visage qui la hantait déjà.

Son téléphone sonna. Kyle la cherchait partout. Elle lui assura qu'elle rentrait et qu'il n'avait pas à se soucier. Tout allait bien ! Il la supplia de lui envoyer un texto, une fois à la maison. Elle le lui promit.

— Tu es la petite sœur de mon cœur. Tu sais combien je t'aime. Merci infiniment pour cette belle soirée, dit-il en coupant la communication.

— Je t'aime aussi, reprit-elle, le visage baigné de larmes. Elle savait d'instinct qu'il était sincère et l'aimait. Mais les autres hommes ne l'étaient point. Ils ne l'aimeraient jamais comme Kyle mais plutôt telle une conquête dont ils pourraient détruire la vie et les rêves. Elle n'avait pas besoin d'une telle relation. Elle avait dressé un mur pour se défendre, poursuivre ses rêves, et se réaliser. Mais un inconnu venait de foudroyer ce mur sans même lui adresser la parole. Elle redoutait cet état de fait car s'il réussissait une telle prouesse sans mots, de quoi pourrait-il être capable s'il entreprenait de la contrôler ?

Ilyona bipa, le portail s'ouvrit et elle gara son véhicule. Elle aperçut la lumière dans la chambre de sa mère, signe qu'elle ne dormait pas encore. Elle monta lui faire un câlin. Elle l'étreignit très fort, les yeux fermés, avant de se réfugier dans sa chambre. Elle se doucha et se mit au lit tout en repensant à l'ange qu'elle avait rencontré. Il était grand, avec une belle allure. Il était beau dans un style décontracté. Un polo blanc à col et un blue-jean très tendance à aspect vieilli et déchiré vêtaient son magnifique corps. Aux pieds, il portait une paire de baskets basses de marque assortie à sa tenue. Il était classe, sobre et raffiné avec les cheveux courts, rasés parfaitement et une belle montre qui rehaussait son élégance. Ilyona afficha un sourire satisfait. Elle avait remarqué tout cela en moins de deux minutes. Et elle haussa les épaules. Ne s'était-il pas permis de la rendre folle dans ce même laps de temps ? Une chose était sûre. Elle avait envie de le revoir. Elle dormit bien tard, Ilyona.

Chapitre 14

1/

Le téléphone de Zoé avait sonné trois fois sans qu'elle ne décroche avant que l'appel ne soit transféré sur son répondeur. Les consignes de la messagerie restaient implacables malgré les multiples tentatives de Kyle. Elles lui recommandaient pour la millième fois de laisser un message et que Zoé le rappellerait, alors qu'ils devaient dîner ce soir au restaurant. Cet après-midi encore, elle confirmait ce moment de retrouvailles mais à 23 h 45, il n'y avait plus aucun espoir. Kyle le savait et cette vérité cruelle l'enrageait.

Dépité, le jeune homme balança son mobile avec fureur dans le vide. L'écran avait embrassé violemment le mur dans son envolée et s'était fendu en mille morceaux. Kyle n'en avait cure. Il tremblait de rage et de jalousie. Existait-il au monde une personne susceptible de lui expliquer ce à quoi Zoé était occupée pour ne pas être joignable à minuit moins le quart ? En quoi consistait véritablement sa collaboration avec ce fichu ministre ?

Désorienté et incapable de se contrôler, comme un animal blessé par une balle assassine, Kyle agonisait dans l'immense espace de vie de son appartement. Il tournait en rond, les yeux figés sur l'horloge de l'entrée principale, d'où il espérait voir apparaître Zoé. Mais au bout d'interminables heures d'attente, de ces instants monstrueux qui couraient à pas de tortue, une suffocante douleur priva d'air les poumons de Kyle qui s'écroula de tout son poids.

Dans un ultime effort, le jeune homme se réfugia dans le canapé, régla la température du climatiseur à l'aide d'une commande et inspira de toutes ses forces. Il ferma les yeux d'où roulèrent des larmes silencieuses. Kyle était amer. D'une certaine manière, Zoé était en train de le tuer. Pour elle, afin de garder la flamme toujours allumée, il avait souvent troqué sa dignité, fait l'idiot, navigué en eaux troubles. Mais ce soir, il lui semblait avoir atteint la frontière du surmontable. Il comprenait que c'était une pure folie de vouloir à lui tout seul sauver leur histoire d'amour. Vouloir passer le restant des jours à vivre ensemble impliquait bien plus que la véracité des sentiments. Cela allait bien au-delà d'un combat singulier. Il était question entre autres de la fusion de deux cœurs malades qui ne feraient qu'un pour battre au même rythme, de deux êtres faibles qui puiseraient leur force dans les bras l'un de l'autre pour demeurer invincibles dans l'adversité.

Dire que la nuit dernière, ils avaient parlé assez conséquemment de cette situation qui les emportait. Kyle avait fait comprendre à l'élue de son cœur qu'il était une personne normale avec des sentiments et des pulsions. Une fois encore, il lui avait exprimé son amour et l'épouvante que c'était de l'imaginer dans les bras d'un quelconque rival. Zoé de son côté avait été touchée par cet amour infaillible qu'il lui vouait. Aussi avait-elle tenté, dans la mesure du possible, de l'assurer de sa fidélité. Elle lui avait conseillé de lui faire confiance, juré qu'elle ne le trahirait jamais en couchant avec un autre homme. Mais des soirs pareils remettaient tout en cause. Chaque fibre de son être voudrait croire en sa fidélité mais cette voix au fond de lui ne cessait de lui démontrer que sa Zoé le trompait. Un autre homme la lui arrachait malicieusement et se la faisait sans état d'âme.

Pour preuve, Zoé n'avait plus envie de lui. Cela faisait un mois bien compté qu'ils n'avaient pas eu de rapports sexuels. Les derniers en date étaient des catastrophes. Autant ne pas se les remémorer. Dieu qu'elle se plaignait ! Dieu qu'elle était fade. Son attitude ne cessait d'accroître les doutes qui peuplaient ses pensées et contristaient son cœur.

C'était un enfer que d'être privé de sa dulcinée sous prétexte qu'elle travaillait pour le gouvernement au sein d'un ministère qu'il avait désormais en horreur. Comment exprimer le chaos dans lequel elle le plongeait quand elle ne donnait pas signe de vie, ne décrochait pas son appel et rentrait à des heures indues ? L'attitude désinvolte de Zoé laissait croire qu'il était bien le seul à tenir à leur histoire. Sinon, elle aurait pu appeler pour annuler, lui donner une explication et le rassurer. Mais non ! Son téléphone avait sonné trois fois avant qu'elle ne le ferme délibérément. Quoi qu'elle fût en train de faire, il était de trop.

2/

Couché dans le canapé, Kyle était meurtri. Cette nuit, l'amour que son être éprouvait pour Zoé dégageait une saveur étrange. Elle picotait ses yeux pour en extraire toutes les larmes inimaginables. Elle dévorait son cœur pour précipiter sa chute et plonger son corps mortel dans les profondeurs de l'oubli. Qu'est-ce qu'un corps sans cœur ? Mais encore qu'est-ce que le cœur sans amour ?

Cette nuit, Kyle avait les nerfs à fleur de peau. En plus de comprimer son cœur de son poids dévastateur, son chagrin ouvrait son esprit sur un univers particulier.

Le pourquoi du comment des choses semblait avoir des connotations différentes. Du reste, il lui semblait flotter dans les décombres de son naufrage. Celui-ci n'était plus une appréhension mais une chose certaine, palpable, inévitable et à portée de main. C'était tellement douloureux de sentir l'être aimé s'éloigner, le regarder partir sans être en mesure de le retenir. Que faire quand une hémorragie est hors de contrôle ?

Dans l'obscurité de la pièce, Kyle rêve de pas à la porte, de clefs dans la serrure et du son de l'interrupteur. Une vive lumière emporte le noir dans son élan et l'amène à ouvrir les yeux. Zoé est là. L'horloge marque trois heures du matin. Il la dévisage d'un regard, d'une expression qui la pousse à s'expliquer immédiatement.

— Excuse-moi chéri. Je suis navrée de n'avoir pu honorer notre rendez-vous. Son excellence, le Président de la République reçoit deux de ses homologues demain pour un déjeuner de travail. Nous avons dû en boucler les derniers détails.

— Et tu penses que c'est une heure pour rentrer Zoé ? s'indigna Kyle dans un soupir.

— Mon cœur, le ministre ne m'a informée qu'à la dernière minute. Je suis sincèrement désolée. Je n'ai pas pu décrocher tes appels parce qu'on avait entamé la séance de travail. Je suis vraiment navrée. Kyle se releva et se prit la tête entre les mains.

— Je ne sais plus ce que je dois penser. Ce travail est en train de me tuer. Au fond, tu n'as pas besoin de gagner ta vie. Je suis héritier. Il te suffit juste de m'épouser.

Zoé poussa un soupir d'exaspération. Elle savait très bien où il voulait en venir. L'épouser, lui faire des enfants et jouer la ménagère. Il n'en était pas question. Elle avait besoin de s'assumer pleinement par un travail qu'elle aimait et qui la valorisait.

— Tu ne vas pas recommencer Kyle, je suis crevée, dit-elle en lui tournant le dos pour prendre l'escalier. Le sang de Kyle ne fit qu'un tour. Il la retint par les bras en tremblant de tout son être.

— C'est tout le temps ainsi depuis des mois. Tu rentres tard prétextant un projet à écrire, un rapport à terminer, un discours à pondre, une cérémonie à organiser. Ta vie professionnelle a englouti entièrement ta vie privée. Et cela est loin de te préoccuper. À moins que...

—...À moins que je ne couche avec le ministre, l'interrompit-elle.

— Tu ne me parles pas de la sorte. Sinon, je ne réponds de rien, dit Kyle en attirant violemment la jeune femme à lui. Prise de peur, la jeune femme tenta de raisonner son amoureux.

— Écoute mon chéri, je te prie de me pardonner les propos que je viens de tenir. En réalité, je suis tout aussi épuisée que toi. Si tu le souhaites, on discutera tranquillement demain de la décision à prendre quant à mon avenir professionnel. Mais je t'en prie, j'ai vraiment besoin de dormir.

Kyle la lâcha promptement et se rassit dans le canapé. Effrayée par cet autre Kyle qu'elle découvrait pour la première fois, La jeune femme monta rapidement les marches. Elle avait déjà pressenti que toute cette histoire était allée beaucoup trop loin. Elle se devait de prendre une décision au risque d'en essuyer de vrais dommages collatéraux.

Chapitre 15

1/

La récente semaine en amoureux de Debasse et de sa dulcinée, la sublime Prunelle, s'était soldée par un fiasco, bien loin des nombreux romantiques et magiques voyages effectués ensemble, à la conquête du monde et de ses merveilles. Cette fois, l'échec était aussi spectaculaire qu'un film à gros budget, démonté, mitraillé et tué par la critique.

Fortement désillusionnés par cette tournure imprévisible et inattendue, les tourtereaux n'eurent pas la force d'échanger un traître mot. Du retour de la plage jusqu'à l'arrivée à Abidjan, l'un et l'autre s'étaient enfermés dans une bulle hermétique, d'où les larmes de Prunelle qui lessivaient les peines de son cœur et les remontaient à la surface, laissant transparaître toute la laideur de cette liaison stérile, ignoble et puante à l'image d'un corps en putréfaction.

Nauséabonde et irrespirable, elle se propageait, au-delà de toutes les apparences, dans son authenticité. Debasse en était estomaqué.
 D'autant plus qu'il avait tout connu, tout vécu. Il avait eu la joie d'aimer et de se sentir aimer, la joie de se marier et le bonheur inouï d'être père. Il n'avait pas le droit de priver

Prunelle de ces moments qui font le charme d'une vie. Le leurre n'avait que trop duré. Même si cela demeurait au-delà de ses forces, il s'en irait. Oui ! Il s'en irait malgré de grosses larmes muettes qu'il versait dans le secret de son cœur.

Au fond, les joies et les plaisirs de la vie ne peuvent s'acheter indéfiniment. Tout au long du chemin, la meurtrissure de cette femme innocente, assise à ses côtés, liée par un sentiment incontrôlable, le lui faisait comprendre. Bien à ses dépens, hélas ! Il était désormais temps, au nom de l'amour qu'il lui portait, de faire ce choix cornélien et d'en assumer toutes les conséquences. C'était un gouffre inévitable devant lequel il ne pouvait plus se dérober.

En effet, les larmes de Prunelle sur la plage avaient comme levé le voile qui obstruait sa vision depuis bien trop longtemps. La troublante vérité était là. Prunelle était malheureuse. D'une manière ou d'une autre, il avait œuvré à hypothéquer sa vie et son bonheur dans le seul but, en réalité, de satisfaire une jouissance égoïste. Dire qu'il s'était toujours leurré en pensant que la jeune femme était heureuse à ses côtés. Aujourd'hui, il convenait que l'illusion du bonheur, en somme, pouvait-être tout, sauf le bonheur en lui-même.

Avec du recul, il comprenait que Prunelle ne lui avait jamais rien demandé. C'était plutôt lui qui, dans sa quête constante de soulager sa conscience accusatrice, s'était toujours évertué à tout lui donner. Il apparaissait aujourd'hui que cela n'avait aucunement fait le bonheur de Prunelle. Ce n'était pas suffisant, en fin de compte. Ça ne l'avait jamais été, d'ailleurs. La jeune femme ne désirait qu'une seule chose, lui. Elle ne recherchait que son cœur dans une entièreté sans partage. Seulement cela ! Et non une résidence luxueuse, une nouvelle voiture ou encore des chèques en blanc. Le constat était bien amer. Debasse conclut, dans le silence de cette bataille qu'il livrait contre lui-même, qu'il était enfin temps de libérer l'éblouissante Prunelle de la prison dorée dans laquelle il l'avait enfermée.

Tout comme lui, elle avait droit d'être véritablement libre, heureuse et épanouie au côté de l'homme de sa vie. Debasse ne pouvait plus continuer à construire ce mur infranchissable qui l'empêchait de rencontrer l'homme de sa destinée. Il était temps de s'effacer tout simplement.

Oui ! Il n'aurait jamais dû lui faire avaler d'aussi affreuses couleuvres. Il n'aurait jamais dû l'entraîner dans cette dérive interminable. Comment avait-il pu enfermer délibérément cette âme pure, douce et unique, tout en sachant qu'il ne serait jamais à elle ? Pendant combien de temps encore, espérait-il se mentir ?

Au fond de son cœur, il réalisa qu'il lui avait volé des années de sa vie et causé par la même occasion des préjudices énormes. Son départ, il le savait, la détruirait car il n'ignorait pas qu'elle l'aimait aveuglément. C'était en soi, une résolution qui l'anéantirait lui aussi mais c'était mieux ainsi. Une fois le chagrin surmonté, songeait-t-il, Prunelle rencontrerait l'amour et pourrait enfin vivre la vie de ses rêves, celle qu'elle méritait depuis toujours. Ne lui devait-il pas au moins cela ?

2/

Deux semaines que Prunelle avait le sommeil troublé et le cœur lourd. La jeune femme avait le sentiment que Debasse l'avait mise en quarantaine comme un virus mortel à abattre. En deux semaines, il lui avait été impossible de le voir et de l'entendre. Tous les rendez-vous qu'elle lui donnait n'étaient pas honorés et il ne lui accordait pas plus de trente secondes au téléphone. Il promettait à chaque fois de la rappeler sans le faire ou de passer à la résidence sans s'y rendre. Pis, Debasse ne prenait même pas la peine d'annuler et de s'excuser.

Aussi, Prunelle n'avait-elle qu'une envie : mourir. Son cœur était si triste qu'elle passait toutes ses journées à pleurer et ses nuits à déprimer. Quand elle s'accordait un répit, c'était pour s'interroger sur l'attitude de Debasse et son cœur refusait la conclusion de ses spéculations. Il ne pouvait pas partir de la sorte. On ne quitte pas une vie ainsi. Il ne pouvait pas la quitter. D'ailleurs, à qui la laissait-il ? Comment vivrait-t-elle sans lui, sa présence, son amour, ses câlins et ses promesses ?

L'absence de Debasse lui pesait comme un fardeau, l'écrasait et l'étouffait de son poids indéterminable. Comment pouvait-elle vivre sans lui quand son amour la liait comme une chaîne ?
L'indifférence subite qu'il lui témoignait était une souffrance indicible. Elle s'était métamorphosée en un temps record jusqu'à perdre du poids et son charme. Ses proches redoutaient qu'une dépression sérieuse ne s'en suive comme par le passé mais personne ne pouvait véritablement l'aider.

À la merci de son chagrin, tous les jours étaient moroses et fades. La vie était sans saveur. Elle manquait de tout. Pour Debasse, Prunelle avait renoncé à sa propre vie mais il la quittait sans état d'âme. La jeune femme devenait chaque jour l'ombre d'elle-même. Elle ne s'était jamais imaginé souffrir de la sorte pour un homme.

Désorientée par cette attitude offensante et désinvolte, la jeune femme ne savait plus à quels saints se vouer. Prunelle se souvenait que Debasse avait promis qu'il ne l'abandonnerait jamais. Il avait promis qu'il serait capable de mourir pour elle car il l'aimait à la folie. Il avait promis qu'il ne pourrait jamais vivre sans elle. Mais alors, où était-il ? Pourquoi la faisait-il saigner ? Que lui avait-elle fait à part croire en ses promesses ? Pourquoi s'obstinait-il à la quitter ?

Ce matin, Prunelle avait besoin de réponses sinon elle mourrait. Debasse ne décrochait toujours pas son téléphone alors qu'il n'avait encore pas honoré un énième rendez-vous et il ne répondait à aucun des textos qu'elle lui envoyait. Dégoûtée, elle s'invita à la banque de Debasse. Il la recevrait de gré ou de force sinon elle ferait un show qui alimenterait la presse à scandale.

L'homme crut rêver quand Tracy l'annonça. Ça ne pouvait pas tomber à un plus mauvais moment. Il avait une séance de travail dans une demi-heure et juste après, il sortait faire des courses avec les garçons et leur mère pour l'anniversaire surprise d'Ilyona. Que faire ? Debasse avait le cœur qui battait à mille à l'heure. Il se leva de son siège, poussa un grand soupir et demanda à son assistante de la faire entrer.

La porte s'ouvrit. Prunelle entra et le salua machinalement par son nom. D'un regard sombre, elle refoula son baiser et le siège qu'il lui proposait. Elle préféra se tenir debout et garder la face devant son bourreau.

Pour la toute première fois, le splendide bureau de Debasse, agréablement suspendu entre ciel et terre, dégageait une ambiance étrange. La pesante atmosphère qui s'y était logée, avait comme arrêté le temps et défraîchi le décor enchanteur de la pièce.

Sans formuler de mots, les bras croisés, la jeune femme regarda d'un air médusé l'homme qui se tenait fébrilement en face d'elle mais son cœur la rassura. Cet étranger qui la faisait saigner ne pouvait pas être son Debasse à elle. Non ! Cet inconnu qui ne l'appelait plus pour entendre sa voix plus d'une centaine de fois par jour ne pouvait toujours pas être son amour de Debasse. Elle était certaine de ne pas connaître cet homme, qui ne la berçait plus au coucher et ne la faisait plus rire à son réveil. La désillusion était profonde.

Debasse l'observait tout autant. Il la trouvait toujours aussi belle même s'il convenait qu'en elle, une lumière s'était éteinte. Il pouvait sentir sa grande souffrance et l'effort monstre qu'elle faisait sur elle pour ne pas imploser. Comment lui dire qu'il vivait le même enfer ? Comment lui dire qu'il était lui aussi l'ombre de lui-même depuis qu'il la sortait violemment de son cœur ? Comment lui dire toutes ces choses qu'elle ne comprendrait pas ?

— Debasse, es-tu en train de rompre avec moi ? demanda-t-elle enfin, d'une voix tremblante. Une minute de silence s'était écoulée durant ce round d'observation. Debasse baissa les yeux et fit plusieurs pas en arrière comme projeté par cette question inattendue.

— Mon bébé, ce n'est ni le lieu ni le moment de parler de chose aussi délicate, reprit-il dans un murmure.

— Debasse, je te repose la question pour la seconde fois. Est-ce que tu es en train de me larguer, oui ou non ? rétorqua Prunelle d'un ton agacé. Elle ne supportait pas que là encore, Debasse continue de se foutre d'elle. Rien qu'à l'entendre l'appeler « mon bébé », elle avait envie de le poignarder pour lui rappeler qu'un bébé, ça ne se maltraitait pas.

— Je ne peux pas te répondre, là maintenant, fit-il sans la regarder. Il sentait monter la colère de la jeune femme et il appréhendait sérieusement la suite. Le courage lui avait manqué de l'affronter dans un cadre conventionnel et il sentait qu'il allait en faire les frais.

Prunelle le dévisagea en pouffant de rire. Elle était persuadée qu'il continuait de se moquer d'elle. Il lui avait suffi d'une seule occasion où elle exprimait son chagrin pour que Debasse la jette comme une moins que rien. Mais il pouvait rêver...

— T'inquiètes Debasse, je l'ai ma réponse. Mais écoute bien ce que j'ai à te dire. Je ne vais pas te laisser me détruire sans me défendre. Si tu n'es plus avec moi, tu ne seras avec personne.

— Je t'en prie, mon cœur, ne rend pas les choses plus compliquées qu'elles ne le sont déjà, supplia-t-il.

— Oh mon chou ! Elles ne le sont pas encore, tu peux me croire ! Quand j'en aurai fini avec toi, tu ne joueras plus jamais à dérober un cœur, autre que celui de ta chère et tendre épouse, rappela-t-elle d'un ton menaçant.

— Pru-nelle, je sais que mon attitude à ton égard est des plus répréhensibles, mais...

— Écoute Debasse, ta crise de conscience, c'est auprès de ta femme. Tu m'as toujours crié que tu m'aimais et que tu n'imaginais pas la vie sans moi ! Eh bien, c'est le moment de l'assumer. Moi aussi, j'ignore la vie qu'on vit sans toi. Jamais je ne te laisserai me quitter, l'interrompit-elle. Sentant le ciel lui tomber sur la tête, Debasse se la prit entre les mains. Dans un soupir, il ferma les yeux pour visualiser le chaos à l'horizon. L'arène, comme il le redoutait, était ouverte. Le regard rageux de Prunelle pouvait l'en convaincre. Il ne la vit pas partir sinon le claquement de la porte.

Chapitre 16

1/

Depuis des jours, un chagrin insurmontable dévastait Ilyona.

Il l'avait saisie avec vigueur, fauchée brutalement à même le sol et jetée en pâture au cœur d'un violent tourbillon qui troublait sa pauvre âme et l'entraînait dans une angoisse sordide. Jamais aussi monstrueuse et écrasante douleur n'avait comprimé un cœur !

L'être d'Ilyona en était brisé. La jeune femme ne comprenait pas vivre un enfer pareil pour un inconnu qui plus est ne la connaissait même pas. Ce sentiment aussi étrange que soudain était d'une cruauté meurtrière ! Certainement une manœuvre répugnante du destin. Un autre des caprices, complètement paralysant, de cette petite chose incontrôlable et infiniment puissante qui se donne le droit de faire et de défaire une vie. Au nom de quoi ? Ilyona l'ignorait ! Lui avait-elle demandé quelque chose ? Bien sûr que non ! N'avait-elle pas pris la peine de planifier sa vie amoureuse ? Ne l'avait-elle pas schématisée afin de se mettre à l'abri de toute surprise désagréable ? Mais alors de quoi se mêlait-il en la punissant ainsi ?

Pourquoi le bel inconnu de la discothèque continuait-il de la hanter ? Ilyona cherchait des réponses. De jour comme de nuit, elle creusait ses méninges. En vain ! Le bel ange était omniprésent dans toutes ses pensées à telle enseigne que les yeux fermés, elle reproduisait désormais, avec une grande dextérité, son irrésistible visage. Elle en connaissait les moindres détails, dont la marque de naissance sous l'œil droit.

Certaines nuits, elle rêvait de lui. Beau comme un dieu, il la serrait dans ses bras tendres et lui chantait son amour de sa douce voix. Elle se laissait transporter par ses divines caresses sur son corps dénudé qui brûlait d'envie de l'aimer. Elle avait les yeux qui brillaient de larmes et le cœur qui l'encourageait à lui ouvrir délicatement ses jambes et l'invitait à déflorer vigoureusement ses plus profonds secrets. Ilyona dégustait les délices de ce voyage savoureux mené par un membre tendu, un infatigable explorateur aux pouvoirs extraordinaires.

S'en suivait un réveil brutal. Un retour à la réalité des plus frustrants. Essoufflée par ses torrides gémissements, le corps en extase et les jambes tremblantes, Ilyona réalisait qu'elle avait encore rêvé. Pourtant, son intimité ruisselante de jouissances attestait la véracité de l'instant magique vécu ! Comment expliquer cet égarement ? Il lui était impossible de se confier. À qui avouer sans honte être folle amoureuse d'un inconnu qui ébranlait son univers entier et lui faisait l'amour dans ses rêves ? À qui avouer adorer cela et en redemander avec une soif ardente ?

Pour sortir de son tourment, Ilyona s'était déjà rendue, à

maintes reprises, dans la discothèque de sa perdition. Elle espérait y rencontrer son prince charmant. Peut-être aurait-il la décence de lui expliquer ce qu'il faisait à son cœur. Mais ses tentatives désespérées restèrent vaines. La mobilisation du DJ, des serveuses, des managers et autres gardiens de la discothèque pour satisfaire la requête de la sublime Ilyona, cliente de prestige oblige, n'avait suffi à dénicher le bel inconnu. Nul ne le connaissait. Il restait introuvable.

Ilyona finit alors par se convaincre qu'elle avait eu une hallucination. L'inconnu de la discothèque n'avait jamais existé. Il était juste le fruit de son état d'ébriété. Cette nuit-là, elle avait bu un peu trop de champagne et elle se l'était fabriqué. C'était sûrement cela et rien de plus ! Quelle déception ! Encore une autre finalement. Pour ainsi dire, jamais deux sans trois. Voilà que le compte était bon ! En attendant l'ultimatum qu'elle s'était librement fixé, elle totalisait enfin sa dose de déboires amoureux. Ce raisonnement apaisa un tant soit peu le cœur meurtri de la jeune femme et l'aida à panser ses blessures.

En plus, par un heureux concours de circonstances, Ilyona composait les partiels dans un délai de trois semaines. L'école londonienne lui avait envoyé un mail. La jeune femme se coupa de toutes ses affaires pour préparer son examen. Elle envisageait être reçue avec mention dès la première session et pour atteindre cet objectif, elle devait s'en donner les moyens.

Cette louable motivation l'aida à se plonger véritablement dans ses études et à se défaire entièrement de son chagrin. Elle passa ses journées à la bibliothèque de la résidence Debasse.

C'était un sanctuaire propice aux études, alliant calme et sérénité, une véritable pépite qui se distinguait par sa luminosité parfaite et son agencement très créatif et harmonieux. Des meubles en bois massif, artistiquement éclairés par des luminaires de dernière génération délimitaient les espaces et apportait à la salle un côté accueillant, au design chic et branché. De nombreuses étagères à la finition épurée portaient passionnément de nombreux livres et encyclopédies quand un espace multimédia aux allures futuristes permettait d'accéder au monde en un clic.

Un après-midi qu'elle bossait à la bibliothèque, Ilyona eut une vision, digne de l'annonciation. Un large sourire éclaira le visage de la jeune femme qui referma aussitôt le livre qu'elle lisait et se leva d'un bond. Elle n'en croyait pas ses yeux. Cela ne pouvait pas être possible ! Non !

Les mains aux hanches et le cœur cognant fortement dans la poitrine, Ilyona tourna sur elle-même. Que faire ? Le destin avait-il entrepris de la soumettre à un autre supplice ? Et si elle se plantait à nouveau ? Existerait-il une âme généreuse pour la libérer de ses angoisses ? Était-ce le moment de fléchir ? Pis, une nouvelle frustration ne lui serait-elle pas fatale ?

La jeune femme poussa un long soupir. Elle n'en pouvait plus de ces questions sans réponses qui tiraillent l'être dans des moments de doutes et d'incertitudes. Elle n'en pouvait plus de ces voix intérieures, sourdes et menaçantes qui limitent toute entreprise. Elle n'en pouvait plus de ces suppositions défaitistes qui arrachent à la vie son charme. Ilyona ne voulait rien entendre. C'était décidé ! La jeune femme jura que l'unique option dont elle disposait pour avoir le cœur apaisé, c'était justement de le suivre là, où il désirait bien la mener cette fois. Sans perdre de temps, elle sortit en hâte de la pièce, descendit l'escalier en courant, sauta dans sa voiture et démarra en trombe.

2/

Il la vit se garer et descendre d'un sublime SUV rouge de deux portières. Il était conscient qu'il n'avait pas le droit de la regarder car elle déstabilisait son cœur. Il en était bien conscient. Tout comme il n'ignorait pas qu'elle serait accompagnée de son amant fortuné. Mais il était figé là à guetter la descente de cet homme, qui avait le privilège d'avoir pour lui la plus belle femme de la terre.

Florian constata à ses dépens que ses yeux avaient un goût aigu des interdits quand il s'agissait de cette déesse. Il avait beau les détourner du parking pour se concentrer sur le plateau qu'il portait à ses clients, que ceux-ci se retournaient désespérément pour contempler l'arrivée de cette beauté époustouflante. Il sentit son cœur l'applaudir par un battement irrégulier tandis qu'elle se déhanchait vers lui. À lui aussi, il avait pris soin d'expliquer qu'elle n'était pas faite pour lui. Il lui avait démontré par tous les théorèmes possibles que tous deux naviguaient dans des univers diamétralement opposés. Mais son cœur était une vraie mule qui n'en faisait qu'à sa tête quand il s'agissait de cette merveille-là.

Cet après-midi-là, elle portait un short blue-jean qui révélait ses formes de rêve et ses belles jambes. Elle était d'une élégance raffinée ! Aux pieds, une petite paire de baskets roses assortie à un débardeur rose, sans soutien-gorge, qui couvrait idéalement son splendide corps et titillait sa magnifique poitrine. De longues nattes africaines rehaussaient son charme, de quoi couper le souffle et faire fondre le cœur de Florian.

Le plateau qu'il portait glissa de ses mains et s'écroula malgré des manœuvres inespérées de rétention. La terre sous ses pieds s'était dérobée et la commande gisait au sol. Orane le mitrailla d'insultes en venant à sa rescousse. Confus, le visage fermé, le jeune homme poussa un long soupir et nettoya rapidement les débris de bouteilles et de coupes cassées.

Une fois le bazar terminé, la commande des clients satisfaite et la colère d'Orane essuyée, Florian se réfugia dans la cuisine. Il observa les conséquences de l'entêtement de ses yeux et de son cœur. C'était une dérive que de s'obstiner à penser à cette miss. Elle était dangereuse. Pour preuve, son unique regard avait suffi à faire flageoler ses jambes et le faire chanceler. La honte de sa vie et une dette à soustraire de son prochain salaire !

Que faire maintenant ? Il ruminait cette interrogation silencieuse en boucle. Bouillante de colère, Orane vint le dénicher de sa cachette. Elle lui réglerait ses comptes plus tard mais pour l'instant Ilyona le réclamait pour le service. Le battement du cœur du jeune homme s'accéléra.

Quelques instants plus tard, Ilyona sirotait tranquillement son soda tout en observant discrètement Florian. Elle suivait toutes ses allées et venues. Il était beaucoup sollicité et elle le regardait travailler avec beaucoup de plaisir. C'était donc lui, l'ange mystérieux qui la hantait. La marque de naissance sous l'œil droit était là. Elle apportait une touche spéciale à sa grande beauté. Elle le trouvait craquant et irrésistible. C'était donc lui, le bel inconnu qui se permettait de bouleverser le cours de sa vie.

N'avait-elle pas déjà eu le pressentiment de le connaître lorsqu'elle reproduisait à l'infini son visage sur des bouts de papier ? Elle aurait dû se fier à son intuition qui lui disait qu'il n'était point une hallucination ou aussi inconnu qu'elle le prétendait. Elle l'avait trouvé ! Cet après-midi constituait l'aboutissement d'une si longue attente.

Aujourd'hui, Ilyona tirait son chapeau au destin. Elle comprenait que malgré ses attributs masculins, il était aussi incompréhensible qu'une femme. Il avait la capacité de faire vivre le paradis et l'enfer en l'espace d'une portion de temps. C'était une question d'humeur, les caprices faisant naturellement corps avec sa quintessence même. Cet après-midi, la jeune femme était fière et heureuse du sourire dont il la revêtait et de la lumière qu'il allumait en elle. C'était si magique quand cela arrivait. Jamais, elle n'avait ressenti une sensation pareille. Tout le noir qu'elle avait broyé était loin derrière. Elle avait juste envie de croire en l'avenir, croire en la beauté d'un jour nouveau, d'une espérance nouvelle. Elle était simplement heureuse d'être là, de regarder son prince charmant et d'imaginer dans le secret de son cœur, un tas de choses dont il ne se doutait même pas.

Elle avait envie de tout lui avouer, la rencontre à la discothèque, ses larmes silencieuses, ses nuits pigmentées et ses plus grandes peurs. Elle avait envie de croire en la véracité de ce qu'elle ressentait pour lui et de lui confier ses espoirs les plus intimes. Les sentiments à son égard lui faisaient peur mais paradoxalement elle était heureuse de se savoir vulnérable. C'était jouissif le goût du danger ! Avec lui, elle se sentait soudain l'âme d'une héroïne prête à dévorer le plaisir de l'instant.

Oui ! Il n'était point question de remettre son bonheur à demain. Si elle le voulait pour elle et le piquer à Orane car cela sautait aux yeux qu'elle en était folle amoureuse, il lui fallait mener la danse, là maintenant, afin de se lancer officiellement dans la course. Ilyona n'était pas dupe. La tête d'Orane lorsque Florian avait laissé tomber le plateau en disait long. C'était du genre, qu'est-ce qu'a cette fille pour que tu te perdes à la contempler ? Les propos qu'elle lui avait tenus étaient plus une crise de jalousie que toute autre chose. C'était d'ailleurs la raison pour laquelle, Ilyona avait insisté pour n'être servie que par Florian. Elle avait ainsi entamé le combat dans la quête de ce qui lui revenait de droit.

Elle le trouvait à son goût, super beau et sexy dans son uniforme professionnel, pantalon noir et polo décontracté. D'un signe de la main, elle appela le jeune homme à sa table et l'invita à s'asseoir. Florian crut que son cœur allait cesser de battre définitivement.

— Vous désirez ? demanda-t-il d'une voix tremblante pour briser la glace car la jeune femme le dévorait littéralement des yeux. Elle laissa échapper un joli petit sourire.

— C'est quoi votre nom ? S'enquit-elle en continuant de le dévisager comme si elle voulait le croquer tout entier. Florian fronça les sourcils. Il se demandait bien ce à quoi elle jouait car elle faisait montre d'une assurance parfaite comme s'ils avaient été seuls. Pourtant, derrière la face de sérénité qu'elle affichait, une peur effroyable l'habitait. Elle n'avait jamais franchi une telle limite mais une force mystérieuse l'encourageait à continuer, l'assurait qu'elle tenait le bon bout. D'une voix qui se voulait ferme, il lui répondit avec l'amabilité due à tout client de l'établissement. Sauf qu'Ilyona en était une habituée bien spéciale.

— C'est mignon Florian. J'aime bien. Enchantée de mettre enfin un nom sur ce visage. Tenez, c'est ma carte. Appelez-moi quand vous terminerez votre service, poursuivit-elle d'un trait en se mordillant la lèvre. Surpris par ce coup de pouce impressionnant du destin, le jeune homme inspecta la carte qu'il tenait en main. C'était une belle composition imprimée sur du papier de qualité. Elle devait avoir coûté une petite fortune. Ainsi donc, la femme de ses rêves se prénommait Ilyona. C'était un beau prénom écrit esthétiquement en lettres dorées.

— Tout le plaisir est pour moi, mademoiselle Debasse, dit-il sans détourner ses yeux de la composition car il avait du mal à affronter ce regard qui ne le lâchait pas. Comment maîtriser la vague de décharges émotives qui le submergeait ? Son trouble amusa la jeune femme.

— Je vous dis à tout à l'heure alors ?! Il me semble que votre collègue vous réclame, nota Ilyona taquine.

— Je ne finis pas avant minuit, dit-il en relevant la tête.

Les bras croisés, le visage fermé, Orane l'observait méchamment s'amouracher de cette bimbo. Elle ferait payer à Florian une note bien salée afin de le tenir loin d'elle. Il était à elle et à personne d'autre.

— N'hésitez pas à appeler. J'attendrai, fit Ilyona d'un joli sourire. Florian eut un sourire heureux au coin des lèvres en se

122

levant. C'est alors que leurs yeux se croisèrent. Ils furent traversés par des frissons, le genre qui tressaillent, bouleversent et unissent deux cœurs à jamais, envers et contre tout.

Chapitre 17

1/

Euphorique à l'idée d'avoir enfin trouvé l'amour, Ilyona conduisait en savourant son bonheur. Pour la toute première fois de sa vie, elle brûlait d'envie d'écouter son cœur, de l'entendre battre sans la moindre résistance pour ce beau Florian. Aussi, de sa belle et mélodieuse voix, reprenait-elle avec maestria tous les coups de cœur de sa liste de lecture.

La nuit était déjà tombée. Dans une étreinte passionnelle, une belle obscurité avait englouti le sourire du ciel et les dernières lueurs du jour. Ilyona en avait encore pour une demi-heure de trajet pour la maison. Mais, elle n'avait plus vraiment la tête aux études. C'en était terminé pour cette journée. La jeune femme avait juste envie de se doucher, se faire belle et attendre l'appel de Florian. Elle envisageait l'emmener roucouler dans un restaurant romantique, idéalement perché sur la lagune Ébrié.

Le cadre ne désemplissant guère, Ilyona appela et réserva une table de choix car si elle avait bien horreur d'une chose, c'était de se faire refouler. Pour ce premier rendez-vous, la jeune femme ne souhaitait point de surprise désagréable. Tout devait être parfait afin de séduire au mieux son prince charmant.

Ilyona avait du mal à cacher ses émotions. Penser que Florian avait toujours été là sous ses yeux, lui donnait l'impression de l'avoir recherché désespérément durant toute une éternité. En cela, elle mesurait l'imprévisibilité des sentiments. Aperçu par hasard dans une discothèque bruyante, le jeune homme avait ébranlé sa vie entière alors qu'elle ne l'avait point remarqué à l'endroit même où elle aurait dû. C'était d'une ironie déconcertante.

La jeune femme était heureuse d'aimer Florian. Grâce à lui, elle réalisait que l'amour n'était pas toujours aussi loin qu'elle se l'imaginait. Il pouvait naître d'un simple regard, d'un sourire innocent, d'une attention banale. Bref ! Une circonstance quelconque pouvait suffire à l'alimenter et l'enflammer comme un incendie. L'amour que Florian avait fait germer dans son cœur avait la force de fendre le plus aride des rochers. Il la consumait comme de la paille sèche. Comme c'était agréable de le contempler, de sentir sa présence et de le dévorer du regard. Elle était certaine et cela sans l'ombre d'un doute que Florian incarnait l'homme qu'elle avait toujours cherché. Un simple regard le lui avait révélé. Florian avait toujours manqué à sa vie et elle était prête à tout pour combler ce vide.

Mais n'était-il pas trop tôt pour ressentir toutes ces choses ? Ilyona eut un sourire en y songeant. Elle comprenait tellement de situations en si peu de temps. Elle excusait tous ses discours passionnés à juger, ses raisonnements rationnels sur la conduite à tenir et ses autres préjugés quand elle se tenait encore sur l'autre rive. Aujourd'hui, elle adorait les sensations que Florian lui faisait ressentir. Il était maître de son corps. C'était quelque chose de particulier, de profond, d'excitant, d'étrange qui la prédisposait à tout. Florian lui avait volé son cœur et vivre rimait désormais avec être dans ses bras. Les deux heures passées en sa compagnie en étaient la parfaite illustration. C'était un pur délice jamais ressenti avec aucun homme.

La musique à fond, Ilyona roulait en chantant ses hits préférés quand un appel de Kathleen vint interrompre son concert.

— Je vais très bien tata, dit-elle d'une voix joviale. Elle se portait d'ailleurs comme un charme.

— Super ! Moi aussi, ça va. Dis ma puce, tu pourrais passer à la maison me donner un coup de main ?

— Demain, c'est bon ? demanda-t-elle après avoir regardé sa montre. Il était 20 h 30 !

— Demain, ça risque de ne pas être possible. Je dois envoyer de toute urgence un rapport à mon directeur mais j'ai du mal avec le logiciel de traitement de texte, expliqua Kathleen tout embarrassée.

— Je suis un peu embêtée car j'ai un important rendez-vous dans quelques heures, soupira la jeune femme. Kathleen comprit par le timbre de sa voix qu'elle ne souhaitait le rater pour rien au monde. Elle présuma un rendez-vous galant.

— T'inquiètes mon cœur, on aura fini dans deux heures, maximum, promit-elle d'une voix suppliante. Ilyona fit rapidement un calcul mental. La marge de manœuvre était minime mais elle pouvait satisfaire tante Kath et être disponible pour Florian.

— J'arrive ma tata !

— Tu me sauves la vie. À tout à l'heure ma puce.

2/

Kathleen poussa un grand cri de satisfaction en raccrochant le téléphone car elle avait réussi à convaincre Ilyona de passer à la maison. Elle pouvait être fière de mener à bien sa toute dernière mission dans l'aboutissement du vingtième anniversaire d'Ilyona. L'accord obtenu de cette dernière constituait un véritable ouf de soulagement surtout que tous les Debasse comptaient sur elle pour l'occuper jusqu'à minuit avant de la leur ramener à la résidence.

Sur les lieux, une véritable équipe était à pied d'œuvre depuis qu'Ilyona avait quitté la maison pour le glacier de Florian. Décorateurs, services traiteurs et membres de la famille s'affairaient tous à la tâche pour la réussite de cet évènement. Du reste, les Debasse l'espéraient unique afin qu'il s'imprime, indélébile, en lettres d'or dans le cœur de la petite dernière. Et comme elle était maligne et se doutait bien que les siens lui préparaient une surprise dans le courant de la journée du 22 octobre, Andrew avait proposé de débuter la fête aux premiers sons de cloche de minuit. Ainsi, elle ne verrait rien venir.

Le jeune homme ne s'était point trompé. En effet, le rapport de Kathleen saoulait Ilyona au sens propre du terme car elle se devait de retranscrire un manuscrit illisible, truffé de ratures et de schémas multiples à reproduire. Par respect pour sa tante adorée, la jeune fille tenta de garder le sourire et de continuer la rédaction mais une grande frustration la rongeait. Il était 23 h et le travail n'avançait pas. Or au téléphone, tante Kath avait déjà essuyé en l'espace de trente minutes plusieurs crises de colère de son directeur qui s'impatientait. Ilyona restait sans voix. Pourquoi les choses ne se passaient-elles pas toujours comme on le souhaitait ? Par instinct, elle voulut répondre que c'était le destin mais elle se souvint subitement que ce dernier l'avait beaucoup aidée en cette journée qui s'achevait. Elle se résigna. Le rendez-vous avec le jeune homme ne serait sûrement pas pour aujourd'hui. Sinon, au cas où il l'appellerait, elle l'inviterait à la rejoindre chez tante Kath, elle se doucherait à l'étage dans la chambre de Lyne et lui emprunterait une robe de soirée. C'était aussi simple que cela. Quand elle eut décidé cela dans le secret de son cœur, le stress qui l'habitait descendit progressivement.

À la surprise de Kathleen, le visage d'Ilyona avait retrouvé tout son éclat. Elle affichait même un sourire mystérieux au bout des lèvres. S'était-elle rendu compte de la supercherie ? Une sueur froide s'empara de tante Kath qui n'hésita pas à questionner la jeune fille pour en avoir le cœur net. Ilyona lui confia la décision qu'elle venait de prendre. Rassurée, elle l'encouragea à lui parler de Florian. Le cœur heureux et le visage rayonnant de bonheur, la jeune fille lui narra leur histoire naissante.

Kathleen avala une énorme boule de salive. Avec le temps qui passe, les enfants finissent par grandir, par devenir parents et par s'éloigner vers d'autres horizons, d'autres amours, et d'autres combats. La semaine dernière, Lyne lui parlait de son amoureux, un américain d'origine ivoirienne qu'elle avait rencontré à l'université d'Atlanta. Durant des heures, elle lui avait déballé l'amour que son cœur éprouvait pour le jeune homme de 23 ans. Depuis quelques minutes, c'était au tour d'Ilyona de chanter comme un vrai rossignol son amour pour Florian.

En l'écoutant, Kathleen avait les larmes aux yeux. Tout émue, elle lui fit plein de câlins. Ilyona avait grandi. En elle, elle retrouvait sa propre fille, son unique enfant, Lyne. En un instant, Kathleen constata le passage du temps. Il était inarrêtable. Sa folle course défila dans son esprit en une fraction de seconde. Il fut un temps, on eut dit le mois dernier seulement, Ilyona et Lyne étaient de fragiles nourrissons. Oui, Kathleen se souvient de tout. Les souvenirs étaient vivaces dans son cœur nostalgique. Puis, la semaine dernière, c'était d'adorables fillettes qui détournaient les regards dans leurs robes de princesses. C'était un bonheur de faire les courses avec elles. Hier, c'était de sublimes adolescentes qui faisaient chavirer les cœurs des jeunes garçons du quartier. Une nuit, Kathleen était tombée sur une lettre d'amour d'un soupirant de sa fille. Elle l'appelait secrètement le poète lorsqu'il venait à la maison. Aujourd'hui, les gamines étaient devenues de radieuses jeunes femmes. Toutes deux découvraient l'amour à l'aube de leurs vingt ans. L'une soufflait ses bougies dans moins d'une heure, l'autre lui emboîterait le pas le 3 Novembre.

Quand la forte émotion la lâcha, Kathleen regarda sa montre. Elles pourraient être à temps à la résidence Debasse si elles décidaient de s'y rendre maintenant. À cette heure, il n'y avait pas de bouchons véritables. Aussi simula-t-elle un bref nouvel appel concis. Le directeur lui accordait deux jours supplémentaires pour rendre le rapport. Quelle délivrance ! C'était le bonheur à l'état pur. Tante Kath explosa de joie en remerciant tous les saints du ciel. Ilyona de son côté poussa un long soupir de soulagement. Il existait encore un Dieu pour exaucer les prières. Elle referma machinalement l'ordinateur portable avec un sourire au coin des lèvres ce qui n'échappa pas à tante Kath. Les deux femmes échangèrent un sourire complice.

Toutes deux étaient prises par le temps. Ilyona sortit les clefs de sa voiture de son sac à main et se leva du canapé tandis que tante Kath l'encensait de remerciements, de bénédictions et de câlins. Elles s'embrassèrent et la jeune femme fila en grande hâte. Heureuse d'avoir réussi son pari, Kathleen monta rapidement dans sa chambre, se doucher, se faire une beauté, porter la sublime robe de soirée achetée le jour même et sauta dans sa voiture pour la résidence des Debasse où un incroyable anniversaire débutait dans une douzaine de minutes.

Chapitre 18

1/

Un grand cri de joie, soutenu par un millier d'acclamations, introduisit Ilyona dans une ambiance intime et joviale. La résidence était transformée en une prestigieuse salle de gala avec un décor de rêve contenant un repas assis, un bar lumineux, une cabine de DJ et une piste de danse. Un écran d'accueil géant et vidéoprojecteur ornaient les murs de portraits retraçant d'une part l'enfance d'Ilyona, ces moments inoubliables d'hier remplis d'histoires et de souvenirs immortalisés là par des clichés en noir et blanc, et d'autre part, l'adolescence de la jeune femme, sublimée par un ensemble de belles images et de selfies en couleurs traduisant une existence insouciante et heureuse, loin du vécu de certains enfants de son âge.

Attendrie et émerveillée par une aussi profonde attention, une irrésistible envie de pleurer saisit la jeune femme. Plaquant les mains sur sa bouche, Ilyona fondit en larmes comme pour évacuer la forte dose d'émotion qui la tiraillait. Pourtant, debout comme un seul homme, les invités continuaient de l'applaudir telle une star de cinéma. Ils lui chantaient en chœur, dans diverses langues, un joyeux anniversaire. Fortement émue, la jeune femme ne put faire le moindre pas depuis qu'elle avait passé la porte. Sa famille vint à sa rescousse, l'entoura, l'embrassa tendrement et lui souhaita de gentils vœux. Dieu qu'elle avait de la chance ! Dieu qu'elle les aimait ! Une fois encore, les siens lui prouvaient combien ils la portaient dans leur cœur. C'était fabuleux !

— Je vous déteste ! bredouilla-t-elle dans des sanglots mêlés de sourire heureux.

— Tu as intérêt petite ! répliqua Andrew en grimaçant. Des mains, Sandra essuya les larmes qui s'échappaient encore des yeux de sa fille et la prit dans ses bras.

L'anniversaire débuta ainsi sur cette note de tendresse et d'affection partagée. Les invités se laissèrent transporter dans cette atmosphère pleine de promesses. En effet, le traiteur leur offrait une diversité de spécialités culinaires, africaines, asiatiques et européennes de même qu'une multiplicité de vins de luxe, de bières blondes et de liqueurs. La famille Debasse avait pensé à tout pour la réussite du vingtième anniversaire de sa princesse.

La jeune femme fila dans sa chambre pour se doucher et se mettre sur son trente-et-un. Quelques instants plus tard, elle réapparut sculpturale dans une robe de soirée sexy dévoilant ses belles formes. Elle dansa sur les chansons qu'elle adorait, papota avec ses copines, échangea avec des amis de la famille sans quitter son smartphone des yeux. Florian n'avait pas encore appelé. Ce serait le coup de grâce s'il se résolvait à le faire car Ilyona l'attendait de tous ses vœux. Sa présence à son anniversaire serait le plus beau des cadeaux.

Mais en attendant, la fête battait son plein. Le mercure ne cessait de monter grâce à une sélection musicale à jour des sonorités inoubliables du passé et celles en vogue du moment. Tous les invités s'amusaient à cœur joie si bien que Debasse et son épouse volaient sur un petit nuage. De plus, le sourire d'Ilyona, celui qu'elle affichait là, était un soleil. La jeune femme rayonnait de bonheur et cela les rendait vraiment heureux.

Comme elle taquinait Andrew et Kyle, en main sa deuxième coupe de champagne, son téléphone sonna enfin à minuit trente. Un large sourire illumina aussitôt son visage avec des étoiles plein les yeux. C'était vraiment son jour ! Elle courut rapidement s'enfermer dans la première pièce trouvée et décrocha son mobile. C'était Florian. Il avait fini son service. D'un trait, sans lui laisser le temps d'en placer une, elle lui donna l'information. Elle célébrait son anniversaire à la résidence et il était son invité spécial. Embarrassé et flatté par cette marque d'estime, le jeune homme ne sut que répondre. Alors Ilyona considéra son silence comme une réponse affirmative et lui communiqua son adresse avant de raccrocher.

2/

Andrew avait tenu à avoir le siège de Tracy dans son champ de vision. Trois jours plus tôt, il lui avait remis en main propre la carte d'invitation. En effet, depuis l'aveu fait à ses frère et sœur sur ses sentiments pour elle, les choses avaient beaucoup évolué. Il l'appelait souvent pour avoir de ses nouvelles.

Certains soirs, avant de s'endormir, il lui envoyait des textos pour lui souhaiter de beaux rêves et un doux réveil. Des fois, quand il raccrochait ou consultait leurs conversations, Andrew souriait car il sentait la jeune femme impatiente de passer ce cap de timides préliminaires.

Lui aussi en ressentait le besoin mais une solide force mystérieuse le maintenait encore et l'empêchait de prendre la moindre importante initiative. Parfois, les secondes suivant son appel, il lui semblait entendre la voix plaintive de la jeune femme lui demander les raisons qui le retenaient encore. D'autres fois, à la suite d'un décryptage d'une intelligence bluffante, son cœur lui faisait des reproches crus afin de l'éclairer sur le sens véritable des messages et des attentes de Tracy.

Aussi tous deux misaient-ils secrètement sur cette soirée festive pour se retrouver. Dès son entame, ils étaient plongés dans un vrai jeu de séduction, communiquant des yeux ou échangeant des sourires complices. Tracy était irrésistible dans sa courte robe de soirée grise fendue sur le côté. Elle rêvait de pousser Andrew à l'action, d'aiguiser ses envies et d'éveiller en lui des pulsions incroyables. Et visiblement, cela semblait se concrétiser. Le jeune homme était conquis et n'avait d'yeux que pour elle. Leurs regards ne cessaient de se chercher, se croiser et se mêler. Sans un traître mot, en toute discrétion, ils partageaient un doux moment de tendresse. Tracy le sentait hors de lui, prêt à bondir sur elle comme un lion affamé et la dévorer toute crue. C'était justement ce qu'elle attendait mais il y avait la présence de cette zone de résistance permanente qui à l'instar des fois précédentes ne lâchait pas prise et le retenait encore aujourd'hui de venir vers elle, faire la conversation et l'inviter à danser.

Que faire alors pour amener son prince charmant à se décider ? Comment anéantir définitivement cette force rebelle qui entravait son bonheur ? Comme Tracy aurait aimé faire le pas, l'inviter, le draguer, le séduire. Ce n'était point l'envie qui lui manquait. Bien des fois, elle s'était résolue à ces éventualités et plus encore mais elle était toujours déstabilisée et freinée au dernier moment.

Que faire en cette soirée unique qui sonnait comme le gong de la dernière chance pour conquérir Andrew surtout que certaines opportunités de la vie ne se renouvelaient jamais ? Saisir ou laisser était une question de choix avec des implications et des conséquences. Elle ne l'ignorait pas. Mais alors que sa passion bestiale pour Andrew la dévorait, il lui effleura subitement l'esprit de dénicher une arme, n'importe laquelle, une sorte de lubrifiant devant l'aider à se faire Andrew. Il était temps de le toucher en plein cœur, de le lui voler et d'y infiltrer chaque cellule de sa composition. Mais une arme pareille n'existait pas. Elle ne l'ignorait pas non plus. De plus, Andrew semblait d'acier.

D'où viendra alors ce déclic qui le pousserait dans ses bras ? Tracy cherchait désespérément une issue pour apaiser ses souffrances quand son voisin de table la pria de lui accorder une danse. La jeune femme n'en croyait pas ses yeux. Cet homme providentiel, suspendu à ses lèvres, réalisait-il la portée de cette entreprise ? Dire que son invitation, comparable à un coup de baguette magique, lui révélait l'arme qu'elle recherchait de tous ses vœux décupla son excitation. Elle en avait les papillons dans le ventre.

Il était parfait dans un costume près du corps à coupe ajustée. De son plus beau sourire, Tracy lui tendit la main. L'homme l'aida à se lever avec une galanterie qui alluma immédiatement la rage d'Andrew. D'un regard noir et du bout des lèvres, il intima l'ordre à la jeune femme de retourner s'asseoir et de ne point se trémousser aux bras de cet intrus. À cette requête ferme mais silencieuse, elle répondit par un sourire en coin et détourna les yeux. « Mon chéri, rien ne t'empêche de venir lui ravir la place », lâcha-t-elle intérieurement à son encontre.

Andrew tremblait sur son siège, incapable de contenir sa jalousie. Il ne supportait pas de voir Tracy enlacée à cet imposteur. Il tenta de l'appeler mais le téléphone de la jeune femme sonna dans son sac à main resté sur sa chaise. D'un pouce rageur, il lui envoya un texto, se leva et alla se servir de la liqueur au bar. Aussi fumant de colère qu'un volcan en éruption, tout l'énervait subitement.

— Dis frérot, tu m'accompagnes chercher mon invité, fit Ilyona qu'il ne vit pas arriver. Elle l'avait cherché partout. D'ailleurs, il ne l'entendit pas et ne lui répondit rien.

—...

— T'as peur à ce point qu'il te la pique ? poursuivit-elle en lui tapotant l'épaule. Démasqué, Andrew se tourna vers sa sœurette et tenta un sourire forcé.

— Que vas-tu encore t'imaginer ? Se défendit-il en tentant de dissimuler son anxiété de toutes ses forces.

— Écoute, Tracy semble apprécier le mec avec qui elle danse et il est plutôt craquant non, s'inquiéta-t-elle.

— Tu me demandais de t'accompagner où déjà ? Riposta Andrew en vidant son verre d'un trait. Ce n'était jamais évident de se défaire des griffes d'Ilyona.

— Je veux juste te faire comprendre qu'elle est une femme magnifique ! Si tu tardes trop, tu n'auras que mes bras pour te consoler, conseilla-t-elle. D'une révérence, il la remercia de sa sollicitude et lui rappela qu'elle était attendue au portail. Ils échangèrent un fou rire et ils sortirent en se tenant les mains comme un jeune couple.

3/

Florian était quelque peu intimidé par la résidence, le cadre et tous les regards qui le détaillaient lorsqu'il entra aux bras d'Ilyona. Mais d'un sourire, la jeune femme le rassura et l'installa avec grand soin. L'attention qu'elle lui portait provoqua la curiosité de ses parents. Qui était ce jeune homme fort séduisant à l'allure de mannequin ? Kathleen sut d'instinct qu'il s'agissait de Florian, le jeune serveur du glacier qui faisait battre le cœur d'Ilyona. Elle était impressionnée par son style décontracté. Il était très élégant dans un blazer bleu marine, une chemise blanche, un jean slim délavé et des chaussures de ville en daim. Kathleen leva sa coupe et but une gorgée en l'honneur d'Ilyona et de son amoureux qui lui plaisait déjà. Par ailleurs, elle détourna le regard interrogateur de son amie Sandra qui les épiait pour les poser sur le roucoulement des nouveaux tourtereaux sur la piste de danse.

En effet, pour le grand bonheur de Tracy, Andrew avait osé enfin le pas décisif en l'invitant à danser. Dans une étreinte langoureuse, la jeune femme savourait ce moment tant attendu. Elle peinait à affronter le regard du jeune homme et se contentait uniquement de sourire aux reproches dont il l'accablait.

— Promis, juré, je ne lui accorde plus de danse, l'apaisa-t-elle dans un doux murmure.

—... Et à aucune autre personne, rectifia-t-il sèchement. Elle pouffa de rire, heureuse de la petite crise de jalousie d'Andrew. Elle trouva cela mignon et c'était de bon augure pour la suite de la soirée.

— Promis, juré mon chéri, assura-t-elle.

Les mises au point faites, les jeunes gens se laissèrent entraîner et transporter par la douceur de la musique. Tout tendrement, ils échangèrent un regard d'une intensité sans mesure qui alluma en eux un feu brûlant.

— T'as dit dans ton texto que tu allais me punir pour mon entêtement. Je peux savoir ma punition ? demanda Tracy en mordillant sa lèvre inférieure. Le jeune homme la dévisagea sans placer un mot sinon un petit sourire.

— Dis-le-moi s'il te plaît, insista-t-elle d'une voix suppliante.

— Tu veux vraiment le savoir ? fit Andrew en la fixant. Tracy approuva d'un sourire en hochant la tête.

— Dans ce cas, suis-moi, reprit-il en l'entraînant hors de la piste de danse.

Ils se faufilèrent dans la foule, montèrent les escaliers, prirent une allée circulaire peinte par endroit de douce lumière. Andrew tourna la poignée d'une porte, l'ouvrit et invita la jeune femme à entrer.

Tracy hésita et recula d'un pas. C'était trop risqué de se retrouver dans une pièce close avec Andrew surtout qu'elle ne se sentait pas la force de lui résister. Certes, elle avait très envie de lui mais elle ne prévoyait nullement d'en arriver aux rapports sexuels aussi rapidement. De plus, ils n'avaient même pas encore eu de premier réel rendez-vous, de quoi la conforter tout naturellement dans sa position. La jeune femme hocha la tête. C'était non !

— Je ne peux pas, c'est un peu trop tôt, expliqua-t-elle en baissant la tête. N'était-ce pas aussi cela la particularité de la femme, vouloir et refuser dans une seule et indivisible prière ? Mais Andrew ne songeait pas à s'envoyer en l'air. Il avait une tout autre idée en tête. Par ailleurs, il croyait que Tracy avait dépassé cette étape ridicule où la femme faisait tournoyer à dessein le prétendant autour d'une ligne rouge infranchissable censée lui accorder une certaine importance à ses yeux et dans son cœur. Sincèrement, le jeune homme se foutait royalement de ce préjugé qui distingue de façon unilatérale la prostituée, celle qui couche dès le premier soir, de la nonne, celle qui fait languir un moment pour finalement fléchir.

— Dis Tracy, est-ce que le temps que tu t'accordes pour faire l'amour avec moi suffit à peser mes sentiments, à te convaincre et à me retenir ? lui demanda-t-il en sortant et refermant la porte.

— Je n'en sais rien, rétorqua-t-elle d'une voix tremblante.

— Je ne t'aurais aucunement brutalisée ou violée. Tu sais,

on peut coucher ensemble aujourd'hui et vivre par la suite une histoire extraordinaire tout comme je peux t'attendre durant dix ans et te larguer le jour même où tu auras cédé. Il n'y a aucune logique en amour. Chaque relation s'écrit de sa propre encre, clarifia-t-il.

— Je suis désolée, confessa-t-elle quelque peu confuse de son attitude.

Elle n'avait pas à l'être. Il savait exactement dans l'intimité de son regard ce dont elle avait envie. Aussi, il l'attira tendrement à lui, l'enlaça délicatement et la plaqua contre le mur. Il la sentit défaillir sous l'emprise de ses caresses.

Courts et irréguliers, leurs souffles montèrent et se mêlèrent dans la pénombre de cette allée où la musique et les voix, au loin, se faisaient entendre. Avides de s'unir, leurs lèvres se cherchèrent brièvement, se soudèrent comme des aimants et ils échangèrent de longs et langoureux baisers qui les essoufflèrent presque.

Tous deux vibraient encore de désir à la fusion de leurs corps en feu. Délicatement, les mains d'Andrew caressèrent les jambes brûlantes de Tracy et remontèrent sa robe. Les yeux fermés, par des caresses intenses et des murmures étouffés, elle l'encouragea à dévêtir davantage son corps en transe et explorer de ses doigts agiles et de sa langue magique l'entièreté des profondeurs de son jardin.

Dieu qu'elle adorait toutes ces choses agréables qu'il lui faisait et la manière excellente dont il les faisait. Que c'était délicieux de planer aussi loin et aussi haut.

Tracy poussa des râles de plaisirs en s'agrippant vigoureusement à Andrew dont le sexe dur et ferme effleurait délicieusement sa nudité découverte. Dieu qu'elle était belle !

Andrew en avait le souffle coupé. Il lui lança un regard tendre et fou, s'agenouilla et des mains roula vigoureusement la petite culotte transparente qu'elle arborait majestueusement. La promptitude du geste la secoua violemment et lui fit perdre tout contrôle. Tel un dromadaire se mourant de soif par une chaleur caniculaire, Andrew s'abreuva de son intimité à larges gorgées. Tracy n'en pouvait plus de ce brasier qui foudroyait ses entrailles, troublait ses sens et transformait ses caresses en des griffures.

Dans un extrême soupir, elle explosa tel un volcan. Les yeux fermés, elle resta coite pendant une délicieuse éternité. Quel orgasme ! Il était d'enfer ! C'était le bonheur à l'état pur ! Une extase sans précédent ! À cette heure, le monde pouvait s'arrêter. Tous les codes de bienséance pouvaient s'effondrer. Il fallait bien une exception pour confirmer toute règle. Peu lui importait les préjugés d'Andrew le jour d'après. À cette heure, elle avait juste envie d'être une fille pas bien, oui une bien vilaine fille qui le voulait en elle sans plus attendre, dès ce premier soir, pour maîtriser l'ardeur de ce feu intense qui la consumait douloureusement.

Mais lorsque Tracy parvint enfin à ouvrir les yeux, à redescendre sur terre et à retrouver ses esprits, Andrew était parti. Il l'avait abandonnée à moitié nue dans l'allée. Un vent de panique, d'épouvante se saisit de la jeune femme. Elle baissa rapidement sa robe mais ne trouva pas ses dessous. Comme elle entendait des pas en sa direction, elle courut se cacher dans une chambre entre-ouverte. Quelques instants plus tard, elle descendit dans un effort surhumain rejoindre la fête avec la résolution de poignarder Andrew s'il lui adressait à nouveau la parole. Quel enfoiré ! Elle le trouva d'ailleurs bavardant et buvant tranquillement avec Ilyona et Florian. Amusé de la voir avancer sans petite culotte, il la suivit du regard jusqu'à son siège, lui fit un clin d'œil et du bout des lèvres lui demanda si elle avait apprécié sa punition. C'est alors que Tracy se troubla et l'injuria. Andrew éclata de rire, un fou rire qui intrigua ses deux interlocuteurs.

Chapitre 19

1/

L'anniversaire d'Ilyona se poursuivait jusqu'au bout de la nuit dans une ambiance festive. Nul ne manifestait le moindre signe de fatigue. Le couple Debasse et ses invités VIP mangeaient et buvaient du champagne tout en débattant passionnément du travers de l'actualité sous les tropiques. Ici, un groupe de fêtards surexcités pondaient du coq-à-l'âne dans des rires moqueurs. Plus loin, sur la piste, un beau monde en délire dansait à cœur joie. À trois heures du matin, chacun y allait de sa petite inspiration et s'y impliquait à fond.

Kyle, de son côté, filmait la soirée dans son intégralité tel le ferait un chasseur d'images et le publiait en direct sur les réseaux sociaux. Armé de son imposante caméra, rien ne lui échappait dans sa soif d'immortaliser des souvenirs irréprochables pour le jour d'après. Une fois encore, son dévouement pour la réussite de la fête confirmait tout le bien que l'on pensait de lui et peignait ce grand amour qu'il vouait à ses cadets.

Toutefois, la motivation de cette nuit était bien différente. La caméra représentait en réalité un masque porté habilement par le jeune homme pour occuper un tant soit peu son esprit perturbé afin de cacher son anxiété et emprisonner son chagrin, au risque de lâcher prise, de fléchir et de gâcher l'anniversaire de sa sœurette. Ce n'était ni l'heure encore moins le lieu et Kyle ne se serait jamais pardonné cette déroute d'autant plus qu'il mesurait mieux la portée de ces moments heureux qui trop souvent passaient aussi vite que des éclairs.

Depuis des mois, le jeune homme devenait de plus en plus amer et pessimiste. L'amour ne faisait que du mal, rien de plus. Il restait convaincu que même s'il transportait quelquefois sur un petit nuage, il dissimulait toujours en son sein un bien vilain orage. Et Kyle, au prix de sa vie, expérimentait désormais la chute vertigineuse qui en découlait.

Porté étrangement par la délicieuse sélection musicale qui lui déchirait le cœur, il admettait finalement que le point de non-retour était atteint. Zoé n'était pas venue ce soir et seul Dieu sait combien cette absence lui pesait.

Kyle avait l'impression que tous les regards lui demandaient où était passée sa moitié. Si seulement il le savait ! Pourtant, le message de la jeune femme était clair comme de l'eau de roche. Elle ne tentait même plus de sauver les meubles, de faire un petit effort surhumain sur elle pour voiler sa liaison. C'était comme si elle avait pleinement décidé de rompre et cette évidence était une réelle frustration supplémentaire.

Kyle se sentait impuissant de ne réussir à la retenir alors qu'elle partait, le quittait sans une raison apparente alors qu'il continuait de l'aimer malgré tout comme un vrai malade. Il haïssait ses sentiments pour elle et l'amertume ressentie comprimait son âme meurtrie et désillusionnée.

Jusqu'au bout de la nuit, protégé par sa caméra, nul ne perçait vraiment son regard pour découvrir ses larmes silencieuses encore moins l'éclat de son fade sourire dissimulant à la perfection la meurtrissure de son cœur. Pourtant, il était bien malheureux Kyle. Mais il n'était point question pour lui de jouer les trouble-fête et étaler son naufrage à la face du monde. Les grandes douleurs sont muettes et le bonheur d'Ilyona n'avait pas de prix quant à apprivoiser sa peine, supporter sans grimace la douleur de ce monstrueux chagrin qui le dévastait et continuer de faire la fête malgré lui, malgré tout.

2/

À trois heures du matin, Prunelle ne dormait pas encore. C'était d'ailleurs ainsi depuis que Debasse avait décidé de la poignarder sans se retourner. Les heures de sommeil, elle n'en disposait plus à compter de cette période. Comment se résoudre à oublier une personne qui faisait désormais partie de soi et qu'on aimait au-delà des mots ? Du lever au coucher, la jeune femme tentait de résoudre cette équation suicidaire.

Debasse lui manquait. Elle pensait à lui sans interruption et à tout ce qu'ils avaient vécu et qui visiblement ne devait plus compter. Durant des nuits entières d'insomnies, elle cherchait la formule magique qui panserait ses blessures et l'aiderait à gommer ces heures inoubliables, ces moments d'extase et ces fous rires. Comment franchir le pas salvateur et réussir à se convaincre que toutes ces choses n'avaient pas existé sinon qu'elles n'étaient plus importantes ? Comment s'y prendre pour mentir à son cœur alors qu'il demeurait la lumière véritable de son âme ?

Prunelle déprimait. Comment s'y prendre pour oublier et envisager la vie sans l'amour de Debasse. Il lui manquait considérablement. Elle avait besoin de le voir et de l'entendre. Elle avait envie de ses caresses et de ses baisers. Elle avait besoin de lui en elle comme ces fois d'hier où il la savourait comme un fruit sauvage tout en lui chuchotant qu'elle était un délice et qu'il l'aimait plus que tout au monde. La jeune femme n'était plus que l'ombre d'elle-même. Le chagrin l'avait métamorphosée à sa guise comme pour confirmer que le cœur a sa raison... Il l'abrutissait au quotidien en inondant sa mémoire de déstabilisants souvenirs, véritables supplices et tourments du temps présent.

Pourtant, quelques rares jours de sobriété, Prunelle tentait de relativiser. Toutes les histoires ne peuvent être éternelles. Certaines naissent, grandissent et meurent. Ces jours-là, elle préférait conserver dans le silence de son cœur, toutes ces choses vécues avec Debasse, qui jamais ne s'évanouiraient même quand la rupture serait définitivement consommée. Elle allait même jusqu'à se convaincre que l'homme aussi souffrait de même qu'elle. Elle comprenait alors la nécessité d'oublier et de repartir de zéro. Elle ne demandait que les moyens nécessaires pour sortir du piège de l'amour et des griffes du chagrin. Mais ils semblaient encore hors de portée.

D'autres jours par contre, Prunelle n'en était point certaine. Debasse l'avait juste jetée comme une chemise usagée. Il ne l'avait sûrement jamais aimée mais uniquement désirée.

Alors, son cœur brûlait douloureusement au fond de sa poitrine et sa respiration s'arrêtait. Les regrets remontaient à la surface avec leurs lots d'accusations outrancières. Prunelle devenait alors si triste qu'elle pleurait toutes les larmes de son corps. Comme elle culpabilisait ! Comme elle se sentait seule ! Elle réalisait amèrement qu'elle n'aurait jamais dû entamer une telle liaison dangereuse ! Elle convenait alors que ses proches avaient eu raison mais que là maintenant, le mal était fait.

Et cette nuit-là, le mal semblait vraiment être fait. Par le biais des réseaux sociaux, Prunelle suivait l'anniversaire d'Ilyona. Elle repassait en boucle une suite de séquences montrant Debasse, hyper heureux en compagnie de son épouse, la dévorant du regard, l'enlaçant et la tenant par les mains. Elle n'avait jamais imaginé une telle complicité entre les deux. Ça sautait aux yeux qu'ils étaient amoureux. C'était si flagrant !

Prunelle prit une grande inspiration tout en repoussant ses larmes. Debasse était un enfoiré de la pire espèce. Elle le poignarderait de ses propres mains. L'enfoiré se permettait d'être heureux alors qu'il la faisait cruellement souffrir. Elle n'avait jamais compté au-delà d'une simple maîtresse, une belle bimbo bonne à se l'envoyer. La jeune femme sentit monter en elle une telle haine qu'elle en tremblait sur le lit. Elle se leva et commença à faire des va-et-vient sur elle-même.

Prunelle était toute bouleversée par la vidéo. Elle se rassit en bordure du lit et la revisionna une bonne centaine de fois. Le verdict était saisissant. L'anniversaire d'Ilyona montrait un Debasse heureux, épanoui, entouré de sa femme, de ses enfants et de ses proches. Il faisait la fête, organisait un incroyable anniversaire de surcroît pour son adorable fille. La jeune femme poussa de grands cris d'horreur en pensant à cette injustice. Pendant qu'il lui faisait vivre le martyre, la rejetait comme une teigne, il faisait la fête, enlacé à son épouse.

Alors qu'un monstrueux chagrin la démembrait comme un boucher, victime d'un amour précieusement arrosé et énergiquement nourri par ses soins et qui inondait désormais son âme, Debasse vivait tranquille et riait aux éclats en buvant du champagne. Pourquoi avait-il droit au bonheur et pas elle ? Pourquoi se moquait-il d'elle de cette façon ? Prunelle se leva à nouveau du lit, et tourna sur elle-même comme une lionne enragée. Elle avait mal de cette cruauté indescriptible. Et tout son être réclamait vengeance.

Comme elle haïssait Debasse ! Elle voulait qu'il meure car il n'avait pas le droit d'être heureux sans elle. Non ! Il n'en avait pas le droit. Elle le haïssait de toutes ses forces et de tout son être. Le voir heureux était une imposture et une insulte intolérable.

La vidéo parlait d'elle-même. Les faits étaient bien réels. Debasse avait investi de gros moyens pour illuminer les cœurs de sa princesse Ilyona, de son épouse adorée et de ses garçons. C'était le père modèle ! Mieux, il avait gagné en cette nuit, l'admiration et l'estime de tous les invités. Pourtant, il était bien un monstre qui se délectait de son sang. Elle n'allait pas rester les bras croisés sans rien faire. Elle se devait de le démasquer et faire savoir son véritable visage à tout le monde. Elle ne comptait plus se laisser détruire sans se défendre.

Prunelle ne parvenaitt pas à contenir sa rage et sa jalousie.

C'était trop douloureux de supporter cette solitude et de vivre dans cet état de constante dépression. Elle n'en pouvait plus d'essuyer les reproches et les accusations de ses proches et de sa conscience. Il était temps de passer à l'offensive. La jeune femme prit un bain, s'habilla et s'invita à la fête.

Chapitre 20

1/

Dans une communion extraordinaire, jusqu'au bout de la nuit, la famille Debasse et ses invités faisaient joyeusement la fête. Quand sonna quatre heures du matin, le DJ appela tout ce beau monde à découvrir le gâteau d'anniversaire dans un décor de rêve aménagé spécialement pour l'occasion. Des regards admiratifs réalisèrent avec stupéfaction que pour leur précieuse princesse, rien n'arrêtait les Debasse. En effet, dans un véritable élan de folie des grandeurs, ils lui avaient commandé un sublime gâteau au chocolat à vingt étages avec des fleurs roses alliant esthétique, saveurs, raffinement et fraîcheur. Pour le moins que l'on puisse dire, ils n'avaient pas lésiné sur les moyens pour faire plaisir à la plus belle et la plus rare des fleurs dont le doux parfum les enivrait depuis une vingtaine d'années maintenant.

À l'instar de toutes les personnes présentes à sa soirée, Ilyona plaqua les mains sur sa bouche en découvrant la merveille. C'était tout simplement bluffant ! Être au cœur d'autant d'attentions, voir organiser pour elle une aussi grandiose fête, se voir offrir un tel impressionnant gâteau, constituait un beau rêve éternel presque irréel et lui donnait de ressentir dans son être entier une sensation de bien-être unique.

La tête dans les nuages, la main sur le cœur, du plus profond de son être intérieur, la jeune femme était doublement fière et reconnaissante d'être une Debasse. Elle savourait gracieusement ce judicieux choix de la destinée en sa faveur. Elle était consciente de n'avoir rien payé, rien demandé pour naître avec une cuillère en or dans la bouche. Pourquoi elle et pas une autre enfant de l'autre bout du monde qui se mourait de faim ? Aussi ne s'enflait-elle jamais d'orgueil, ce pathétique sentiment de supériorité qui mine le monde, son monde. Peut-être avait-elle compris que nul ne pouvait en tout état de cause choisir sa famille de naissance ou son pays d'origine. C'était juste un privilège qui ne faisait intervenir aucun mérite ! Cette nuit, la jeune femme ne versait que des larmes de gratitude d'être une Debasse, une famille à l'abri du besoin, car cela ne dépendait pas d'elle mais d'un coup du sort, peut-être ! D'un excès de chance, certainement ! D'une volonté de Dieu, sûrement ! Ou de bien des facteurs surnaturels dont l'explication véritable échappait encore à son intelligence humaine.

Rien de plus !

Du reste, Dieu qu'elle aimait sa famille ! Oui, de toute son âme ! C'était un tel bonheur que d'aimer et de se savoir aimée par des êtres avec qui l'on est lié à vie par la vie, des êtres chers qu'on aime et porte dans le cœur malgré tout et qu'on ne peut détester véritablement sans se saigner. Cette nuit encore, ils avaient réussi le pari de l'émouvoir et de la transporter dans cet univers magique et exceptionnel où la pureté et la force des sentiments ne se discutent plus mais se révèlent immuables, se confirment et se consolident.

Sur le chemin de sa destinée, la nuit de ses vingt ans

répandait un doux parfum de bonheur qui faisait frémir son âme comme une délicieuse caresse et lui donnait d'espérer en un lendemain radieux. Ses beaux yeux de biche brillaient d'émerveillement comme des étoiles en un ciel obscur. Là, elle arborait à la perfection une nouvelle robe blanche, offerte spécialement quelques minutes plus tôt par Kathleen pour la découpe du gâteau. Ilyona était aussi belle qu'une princesse, aussi lumineuse qu'un diamant hors de prix. Sa grande beauté, rehaussée ce soir par la plénitude de son âme, avait réussi à éblouir entièrement Florian. Il ne se faisait point prier pour la dévorer du regard alors qu'elle avait insisté pour l'avoir à ses côtés lors de cet autre important moment de la soirée.

Réunis autour d'elle en un cercle parfait, tous les invités chantaient, applaudissaient et l'encourageaient à souffler la dernière des bougies afin de savourer enfin la délicieuse gourmandise de crème pâtissière, de chocolat et de fruits sauvages qui ne cessait d'aiguiser leurs appétits. Mais, tous devaient encore patienter car Ilyona prenait son temps, éteignait une bougie après l'autre dans des grimaces et des fous rires. C'était un délice que de vivre de tels beaux moments ! Même le temps ne se les faisait pas raconter. Il s'était comme arrêté pour ne rien manquer de la soirée.

2/

La famille Debasse et ses invités se délectaient de tant d'hilarantes heures de joies, d'intenses émotions et de pur bonheur. Debasse père en était aussi comblé qu'un gamin profitant de son jouet de rêve. Tout sourire, il ne se lassait pas d'applaudir sa princesse tout en promenant son regard satisfait dans la vaste salle acquise à la cause de la jeune femme. Soudain, par un hasard des plus déstabilisants, l'homme se figea en flashant une ombre échangeant avec un des invités de la soirée.

Sur l'instant, Debasse songea à un mauvais tour de son imagination, une bien mauvaise blague, une vision mensongère qu'il repoussa vigoureusement du revers de la main en fermant profondément les yeux. Au risque de s'embourber dans un gouffre sans issue de secours, il se résolut à ne point paniquer, à garder son calme et à faire preuve de sang-froid. Mais, que de vaines résolutions ! Le vif battement de son cœur troublé lui conseilla de prendre une bonne inspiration. Il en avait besoin.

En effet, cette femme-là, même s'il n'avait plus ses yeux pour voir, dans les plus sombres des ténèbres, il la reconnaîtrait. Oui ! Entre mille sans hésitation aucune, il la reconnaîtrait. Elle était imprimée dans son cœur d'une marque ferme et indélébile que même la mort ne pouvait corrompre. Rien sur terre n'avait pouvoir sur cette vérité immuable. Aussi tremblait-il de la tête aux pieds comme s'il eût été appelé au jugement dernier.

Debasse demeura durant une bonne minute les yeux fermés et les dents serrées. Il communiquait intensément avec sa propre mort tout en silence dans une sourde prière tandis qu'un effet plus fort que la raison lui intima l'ordre d'ouvrir les yeux. Il acquiesça en battant les paupières comme si la réalité à affronter eut dépassé la mort. D'un signe de la tête, il refoula ce grotesque mensonge de sa vision, certainement corrompue par un excès de champagne de luxe. Prunelle ne pouvait pas être là. Non ! Elle ne le devait en aucun cas !

À l'image d'un cinéphile redoutant une scène d'horreur qu'il ne pouvait cependant s'empêcher de regarder, Debasse écarquilla les yeux en dévisageant la jeune femme. Elle était là, bien réelle. Une coupe de champagne à la main, elle se tenait au milieu de la foule compacte et se marrait des compliments de son admirateur de l'instant, tombé visiblement sous son charme. En cela, elle trouvait les hommes géniaux dans leur espèce. Ils n'avaient point de pareils. Quelles énigmes ! Il y en avait un qui lui fendait habilement le cœur tandis qu'un autre se prévalait d'amour fou pour elle, en l'espace de quinze minutes. C'était fou comme elle avait envie de lui envoyer ses talons dans l'entre-jambes.

Mais pour l'instant, elle avait d'autres projets, d'autres chats à fouetter. Elle s'échappa d'ailleurs de l'emprise de son admirateur, se faufila entre le beau monde et se rapprocha du DJ qui encensait Ilyona au micro. Quelle sueur froide ! Debasse retint son souffle, se passa les mains sur le front et dans les cheveux en se mordant nerveusement les lèvres. Il lui semblait voir la jeune femme blessée et revancharde arracher le micro et tout déballer sur leur liaison secrète dans les puissants haut-parleurs de la maison. L'apocalypse serait insignifiante comparé à la portée de tels aveux à l'attention de tous. Jamais, Sandra et les enfants ne s'en remettraient. Lui non plus ne se le pardonnerait. Ce serait un séisme chaotique.

Ce serait la fin, sa fin. En l'espace d'un instant, l'homme comprit qu'il n'aurait pas dû sous-estimer les menaces de Prunelle. Là, elle avait su choisir le moment idéal pour le faire couler. Le naufrage était à présent inévitable. Et nul homme sur terre ne pourrait survivre à cela. C'était donc la fin ! Plus de masque ! Et que tout s'effrite de façon paradoxale lors du vingtième anniversaire de sa cadette, l'anéantissait. Quelle ironie du sort ! Quel chaos !

La terre sous ses pieds chancelants se déroba. Il fallait impérativement empêcher la jeune femme de parler et de balancer quoique ce soit. Mais alors, comment s'y prendre ? Que faire pour la faire taire ? De toute sa vie, Debasse ne se sentit jamais aussi seul, aussi impuissant que cette nuit-là. Son sang s'était figé, son sourire avait disparu et son rythme cardiaque s'était amplifié en une fraction de seconde. Quel enfer qu'il fallut patienter encore pour voir Ilyona souffler la vingtième bougie. Presqu'une éternité !

Quelques instants plus tard, tous les invités avaient regagné leurs sièges et leurs précédentes occupations. Prunelle conversait tranquillement avec son admirateur à la table de celui-ci. Debasse quant à lui, ne parvenait toujours pas à garder son calme. Que préparait Prunelle ? Quels étaient ses plans ? Cela l'intriguait à un point indéfinissable. Il fallait tirer les manèges de la jeune femme au clair sauf qu'il ignorait comment s'y prendre sans y laisser ses propres plumes. Ce n'était ni le moment ni le lieu de tenter une manœuvre suicidaire.

Aussi scrutait-il nerveusement les moindres faits et gestes de la jeune femme. De grosses gouttes de sueur se mirent à dégouliner sur son visage malgré l'excellente climatisation de la pièce. L'effroi, c'était sûrement cela. Point de mots pour peindre le ressenti et l'attitude de Debasse. En plus de son visage fermé, et de son regard hagard, tous ses membres s'étaient solidement raidis. Son anxiété subite interpella Sandra qui le dévisagea curieusement. Dans le regard de son homme, Sandra crut lire de la frayeur. De la très grande frayeur mêlée à une sorte d'impuissance. Trois minutes qu'il ne s'était même pas rendu compte qu'elle l'épiait du regard. Il était préoccupé, ailleurs, comme paralysé par une de ces catastrophes naturelles qui dévaste tout sur son passage. Jamais, elle n'avait vu son époux aussi apeuré que vulnérable durant toutes ces années de vie commune. C'était plus qu'une certitude aujourd'hui. Quelque chose ne tournait pas rond. Quoi ? Elle en avait sa petite idée. Il ne restait plus que des preuves pour lever tout doute.

Sinon, nul au monde ne se métamorphosait de la sorte, ne passait de l'extase à l'épouvante aussi spectaculairement sans une raison sérieuse. Sandra qui côtoyait la vie et la mort tous les jours, au quotidien, savait reconnaître une âme en peine appelant à l'aide, un visage défait refusant le dernier voyage quasi imminent ou une personne tourmentée par un lourd secret. Pourquoi n'avait-elle pas accordé plus tôt du crédit à son intuition de mère, d'épouse et de femme ?

Surpris du regard suspicieux de sa femme, Debasse tenta de rattraper le tir en feignant un sourire mais il se révéla aussi faux que jaune et conforta d'ailleurs Sandra dans ses soupçons. Son époux lui cachait des choses. Pour la toute première fois de sa vie, elle était prête à tout pour découvrir la vérité.

3/

Prunelle observa discrètement Sandra et son amie Kathleen quitter leurs tables et monter l'escalier menant aux étages. Elle fut frappée par la complicité de ces deux femmes qui ne s'étaient point lâchées de la soirée. La jeune femme avait le cœur lourd de constater qu'elles avaient la vie qui lui était interdite. Elle était jalouse de Sandra. Elle possédait ce qu'elle n'aurait jamais, un mari et des enfants. La désillusion d'avec Debasse ne lui donnait point la force d'imaginer l'horizon autrement. Tous les hommes étaient des super menteurs.

Il lui suffisait là de voir combien Sandra semblait heureuse et épanouie pour réaliser que Debasse s'était bien moqué d'elle. Il avait tout alors qu'elle se retrouvait à la case départ, sans rien, sinon le cœur en pâture et des souvenirs de lui à la faire interner. Elle aura été juste bonne pour la baise torride et trop idiote pour croire en des promesses mensongères !

De son siège, elle sentait monter sa haine comme des vagues géantes. Elle l'avait là, bloquée au travers de la gorge cette énorme boule qui lui pesait, l'empêchait de vivre. C'était si douloureux de haïr Debasse à ce point car nul au monde n'avait autant compté pour elle. Prunelle redoutait sérieusement la portée de cette violente haine qui alimentait véritablement sa soif de vengeance. Jusqu'où serait-elle capable d'aller pour retrouver la paix ? Franchement, elle n'en avait aucune idée. Elle savait juste que Debasse devait payer pour lui avoir brisé le cœur.

Elle ne pouvait plus le laisser vivre heureux de la sorte, adulé par sa famille comme l'époux et le père modèle alors qu'elle se mourait par sa faute. Il n'avait pas le droit de vivre dans une telle plénitude alors qu'elle était de plus en plus malheureuse à cause de toutes ses promesses mensongères dont il avait inondé son être. Comment réussissait-il à se passer d'elle alors qu'elle n'y parvenait pas ?

Plusieurs scénarios épouvantables traversèrent son esprit alors que les promesses de Debasse dans le silence de son cœur pleuvaient. Il disait qu'aucune vie n'était envisageable sans elle, qu'il l'aimait au-delà du temps, des mots, qu'il ferait tout, n'importe quoi pour la mériter, la protéger, la chérir. Il jurait aussi qu'il ne la blesserait jamais, ne l'abandonnerait pour rien au monde, ne lui ferait point verser ne serait-ce qu'une seule larme. Il disait encore qu'il ferait de sa vie un agréable voyage qui jamais ne s'achèverait. Il disait tellement de choses pénétrantes desquelles son cœur n'arrivait pas aujourd'hui à se détacher.

Avec lui, elle se savait précieuse, belle, délicieuse et exceptionnelle. Comment faire pour se convaincre aujourd'hui qu'il lui avait menti et qu'elle devait désormais passer à autre chose ? Comment s'y prendre pour oublier quand de multiples voix dépoussiéraient hâtivement toutes les mielleuses paroles d'hier pour rafraîchir sa mémoire et éveiller son chagrin. L'heure n'était plus aux états d'âme. Debasse le lui avait démontré dans sa volte-face. Il était temps qu'il paie pour tout le mal qu'il lui faisait. Il était temps de le faire saigner lui aussi au risque de demeurer infiniment cet être faible que l'homme se prévalait de connaître par cœur.

Au fil des minutes, la haine de Prunelle croissait et l'incitait à se venger, à faire un scandale inoubliable à la face de sa famille et du monde. Il était bien certain que cela ne ramènerait pas Debasse encore moins leur histoire. Elle était bien éteinte ! Toutefois, ce serait tout de même un soulagement. Le pas entre l'amour et la haine serait pour ainsi dire vraisemblablement franchi. La vie sans l'amour de Debasse méritait-elle la peine d'être vécue ?

Qu'advienne alors que pourra, surtout qu'elle n'avait plus rien à perdre. L'enfer pouvait commencer ! Elle n'était pas de celle qu'on traitait comme une vomissure impunément. Là, elle ferait écouter à toute l'assemblée une séquence des déclarations d'amour de Debasse, enregistrée discrètement par ses soins au cours d'un de leurs torrides ébats. Une fois cette base posée, et l'attention de tous captée par l'authenticité de la voix de son bourreau, elle passerait alors aux aveux sur leur liaison secrète. Ne dit-on pas souvent qu'il valait mieux une fin effroyable qu'un effroi sans fin ? Satisfaite de son plan, Prunelle ne guettait que le retour de sa rivale pour passer à l'offensive.

Chapitre 21

1/

Emportée par un léger sommeil matinal, Zoé ne vit pas le jour se lever. Son office condamné, son téléphone portable sous silence, les lumières éteintes, elle dormait à poings fermés. Le service, au sein du ministère, débuta près de deux heures avant que Morphée ne daigne enfin la libérer. La jeune femme sursauta sur son fauteuil dans un vent de panique. Dans le couloir menant aux différents bureaux, des pas et des voix de ses collègues et des administrés lui firent comprendre la gravité de la situation. Comment avait-elle pu dormir jusqu'à une heure pareille de la journée ?

Le trouble la saisit, elle retint son souffle et tira les stores d'une des fenêtres pour vérifier la présence de son patron. Fasse Dieu qu'il ait eu un empêchement ou qu'il soit bloqué dans un bouchon impénétrable. Mais pas de chance, l'imposante berline du ministre reposait sur son emplacement réservé du parking.

Quelle poisse ! Même à cette minime prière, Dieu lui faisait encore la sourde oreille. Mais bon, venant de lui, rien ne la surprenait plus véritablement. Cela faisait déjà deux mois que tous deux étaient à couteaux tirés. Elle se débrouillerait seule comme une grande, sans son aide ou celle de quiconque.

Toutefois, la jeune femme se savait dans de beaux draps. En effet, la semaine dernière encore, ayant remarqué de façon récurrente qu'elle passait presque toutes ses nuits dans son bureau, bien qu'il fût aussi confortable qu'un luxueux appartement meublé, le ministre avait fini par avoir un entretien avec Zoé. Comme elle lui assurait que tout allait bien dans son couple, il ne manqua pas de lui faire savoir qu'il n'approuvait pas son attitude et la lui déconseillait vivement.

Plus d'une heure durant, il lui expliqua qu'elle n'avait pas besoin de vouloir à tout prix se surpasser, se tuer à la tâche, se sacrifier pour l'impressionner. Elle avait toute sa confiance au vu de ses capacités intellectuelles et de ses compétences professionnelles. C'était un honneur pour lui de l'avoir promue car elle représentait un atout de choix pour son ministère. Il lui recommanda donc de ne point se priver de son sommeil encore moins de son aimable fiancé, mais de profiter pleinement de sa jeunesse et des délices de la vie à deux autant que faire se pouvait.

Mais alors, comment justifier cette énième récidive ? Zoé tenta désespérément de se trouver un alibi en béton, le temps de la confrontation avec son patron. Il pourrait bien être en colère après elle et lui demander des comptes. La jeune femme pivota sur elle-même telle une toupie en vain. Elle n'avait jamais été une bonne menteuse ! Quand il s'agissait de Kyle, elle usait toujours de silences pour esquiver des questions fâcheuses. Mais comment s'y prendre avec le ministre ? Quelle malchance ! Toutefois, en attendant le moment crucial de vérité, qui ne semblait plus très loin, la jeune femme se doucha, s'habilla et se fit une beauté. Tout cela à la vitesse de l'éclair.

Puis elle déverrouilla la porte, ralluma son téléphone portable et demanda à son assistante de lui apporter un café. Il était l'heure d'analyser la pile de dossiers posée sous ses yeux sans perdre de temps. Elle se devait de rattraper très rapidement son retard car, elle ne l'ignorait point, le travail constituait désormais la seule chose véritable pour laquelle sa vie avait encore un sens.

Elle entama donc l'étude du tout premier dossier avec toute la rigueur qui la caractérisait. Ce matin encore, les projets qui rempliraient les critères seraient validés et les autres, rejetés pour impertinence. Son verdict était toujours zen et irréprochable. Faisant subitement le rapprochement avec l'enfer qu'elle vivait depuis des mois, des questions fusaient dans son esprit. Pourquoi la vie ne procédait-elle pas pareillement dans son choix de qui garder sur terre et qui expédier six pieds en dessous ? Dans son irrévocable décision, pourquoi ne tenait-elle pas compte des choix et des projets de ses victimes ? D'ailleurs, quels étaient ses critères de sélection ? Zoé avait besoin d'explications, de réponses. Elle avait besoin de comprendre. Le crépitement de son téléphone interrompit brutalement sa profonde réflexion.

La communication fut brève. Le ministre l'attendait dans son bureau. Le ton de sa voix ne présageait rien de rassurant. La peur au ventre, elle s'y rendit. Dans un silence effrayant, sans lui adresser la parole, il l'invita d'une main à s'asseoir et de l'autre lui tendit une note de service à son encontre. Zoé en acheva la lecture, le visage baigné de larmes. Elle était mise à pied pour deux semaines avec effet immédiat.

— Vous ne me laissez pas le choix, se défendit-il en lui indiquant la sortie.

— Monsieur le ministre, je vous présente mes excuses. Cela ne se reproduira plus, promit-elle d'une voix suppliante.

— Je n'en doute pas. Je vous conseille vivement de faire bon usage de ces deux semaines. Considérez-les comme des vacances pour vous reposer, vous retrouver et faire la paix avec vous-même. C'est une chance inouïe, alors saisissez-là, il n'y en aura pas une seconde. N'oubliez pas de refermer la porte en sortant, j'ai du travail, trancha-t-il pour ne point se laisser attendrir par les larmes de la jeune femme.

2/

Tourmentée par la somme croissante de désillusions dont elle ne se sentait plus la force de se soustraire, Zoé regagna son bureau en versant de chaudes larmes. Elle faisait peine à voir tant son âme défigurée par la douleur portait péniblement cette autre griffure. Son cœur, brûlé par une douleur insupportable, battait à toute vitesse. Elle s'enferma en claquant bruyamment la porte et se prit la tête entre les mains. Quelle douleur ! Il lui était impossible de la contenir malgré des efforts démesurés, aussi poussa-t-elle de grands gémissements à réveiller un cadavre.

La jeune femme s'étouffait ! Elle décida alors de quitter rapidement les lieux au risque d'y périr. Elle abandonna les affaires à ranger, prit juste son sac à main, son trousseau de clefs et s'en alla sans se retourner, sans adresser un mot ou le moindre regard à celui, interrogateur, de son assistante. Elle traversa en courant sur ses hauts talons le long couloir menant à l'accueil au grand étonnement de tous. Qu'est-ce qui lui arrivait ? Des regards étonnés la suivirent tandis que des langues indiscrètes se déliaient.

Au parking, Zoé ouvrit la portière de son véhicule et monta en un seul mouvement. Plus rien n'empêchait ses larmes de rouler à leur aise sur ses joues. En effet, elle pleura fortement une bonne dizaine de minutes en jetant un ultime regard à l'immeuble du ministère. On eut dit un adieu ! Elle ferma profondément ses yeux noyés de larmes comme pour mémoriser les dernières images de son bureau, ce confident secret qui l'écoutait de ses oreilles attentives, ces soirs où son âme broyait du noir alors que tous les employés s'en étaient allés et que les lumières, une à une, s'étaient éteintes. Il allait lui manquer ce refuge impénétrable plongé à ces heures-là dans une obscurité complète et un silence absolu. Soir après soir, il l'avait assistée, passant toute sa vie au peigne fin sans l'interrompre ou la juger.

La jeune femme conclut après ses larmes que la décision du ministre la rappelait véritablement à l'ordre. Il n'y avait plus d'issue. C'était un combat perdu d'avance. Sauf un esprit suicidaire, personne n'aurait pu signer forfait dès son entame. Elle aurait dû le comprendre plus tôt, l'admettre et abdiquer au lieu de s'agripper à son travail comme à une bouée de sauvetage inespérée qui lui donnait encore la force de se lever chaque matin. Il était temps de lâcher prise et se laisser entièrement emporter par cette chute vertigineuse dont elle était victime.

Tout s'écroulait et l'emportait dans une inévitable dérive. En l'espace de deux mois seulement, elle était passée de la lumière aux ténèbres comme un ange déchu. Une force toute puissante avait décidé que les choses se passeraient ainsi, tout bonnement, sans prendre son avis encore moins se préoccuper d'elle et des sentiments qu'elle pouvait avoir. La jeune femme en éprouvait du dégoût et de la rage surtout que les êtres chers à son cœur en faisaient aussi les frais.

Hier, elle n'avait pu se rendre à l'anniversaire d'Ilyona, sa belle-sœur chérie. Comment oserait-elle affronter aujourd'hui le regard réprobateur de celle-ci ? Hier encore, elle était parvenue à froisser l'autorité de son patron, lui un homme si bon et honnête au point de le pousser à bout aujourd'hui. Hier, toujours, elle avait définitivement enterré tous les derniers espoirs de réconciliation avec Kyle. Aujourd'hui, pas besoin d'être devin pour comprendre que leur histoire était à jamais terminée.

Zoé pouffa de rire en constatant tous les dégâts causés la veille seulement. Quel séisme ! À ce rythme, elle paria sa fin plus tôt que prévu. Un bon point finalement pour ainsi dire. Un sourire étrange illumina aussitôt son visage quand elle démarra. La vie valait-elle la peine d'être vécue quand plus aucune espérance ne la portait ? Les gémissements de ses certitudes froissées lui répondirent hâtivement que non. Zoé sentit alors une terrible douleur lui déchirer le cœur. Elle en gardait un goût amer. L'envers du décor de sa vie était si hallucinant que son âme refusait de s'y soumettre. Hier seulement, elle pensait avoir devant elle une pléiade de choix à faire, d'opportunités à saisir, de rêves à réaliser, d'ambitions à valider. Mais l'implacable vérité du moment lui rappelait la précarité de toutes ses espérances.

Du fond de son cœur, ses résistances la lâchèrent dans le grognement d'un arbre surpris par la tronçonneuse du forestier. La brutalité de l'acte, de l'arbre qui tombe de haut de tout son poids était peu de chose, moins spectaculaire comparée à la virulence de l'acharnement de la vie contre ses repères à elle. Comment comprendre que pareille chose était en train de lui arriver ? Zoé avait besoin de réponses mais en lieu et place, le film de son existence défilait sous ses yeux comme sur un écran de cinéma. Elle admit du fond de son gouffre, que la vie était simplement un beau passager qui descendait à la prochaine station de métro sans qu'on ne s'y attende jusqu'à ce qu'incrédule, on le voit disparaître dans la foule tandis que les portières automatiques elles, se refermaient.

Zoé éprouvait une grande tristesse. Elle n'aurait jamais dû mettre son patron en colère. Mais à lui non plus, elle ne pouvait donner d'explications. Elle n'était pas très fière d'avoir encore dormi au bureau malgré les protestations de l'homme. Mais ce lieu, plus qu'un havre de paix, était désormais son meilleur compagnon, l'unique endroit au monde où elle se sentait encore en vie. Derrière les portes closes, adossée à ce fauteuil de luxe, elle se sentait bien. Elle se sentait en sécurité. De là, à travers les volets ouverts de ses fenêtres, le ciel lui semblait tellement proche et à portée de main.

C'était sa bulle, d'où elle observait, impuissante, le déraillement du train de sa vie. De là, elle avait aussi suivi la veille, grâce aux réseaux sociaux, l'anniversaire d'Ilyona jusqu'à l'interruption inattendue de la diffusion en direct. C'était une telle douleur de ne s'y être pas rendue mais elle convenait que dans l'état actuel des choses, il était préférable de se déconnecter de tout, de tous, afin de se préparer dans la dignité à affronter cette imminente vérité.

Zoé l'avait compris. La vie était une mythomane de première à qui il ne fallait surtout pas se fier. Là, elle l'avait solidement attachée à des êtres qu'elle la contraignait par la suite à abandonner. Cette réalité lui fendait profondément le cœur. C'était si désespérant de réaliser que tout partait en vrille, comme ça, du jour au lendemain, le temps d'une seconde, sans qu'elle ne puisse rien faire. Elle ne le digérait que trop mal.

3/

Zoé conduisit les yeux fermés. Par cœur, elle connaissait le chemin. L'heure de trajet semblait avoir apaisé momentanément son chagrin si bien qu'elle ne pleurait plus mais écoutait plutôt dans le silence de son cœur les virulents reproches de sa conscience. Ils lui martelaient qu'elle aurait dû partager son angoisse avec son patron et qu'elle s'en serait sentie mieux. Peut-être, mais à quoi bon ? La jeune femme reprit doucement sa conscience ; elle ne ressentait aucunement le besoin de se confier, et de porter son tourment avec une tierce personne. Elle se justifia en précisant qu'elle ne se sentait pas la force d'ouvrir les portes de ses secrets à des yeux extérieurs, et que cette entreprise pouvait par la force des choses avoir des conséquences fâcheuses comme un incendie incirconscrit.

La jeune femme se résolut donc, une fois encore, à supporter toute seule ce poids qui lui pesait. Se confier, c'était se livrer et encourir le risque d'être vulnérable. De plus, toutes les vérités ne méritaient pas d'être sues ! De fait, elle emporterait les siennes dans la tombe, bien à l'abri de surprises désagréables comme celles de cette journée où tout a basculé.

Et pourtant, c'était censé être une matinée de rêve. La veille, Zoé n'avait pu fermer l'œil de la nuit tant elle avait hâte d'être avec son gynécologue pour lui confirmer son état et lever ses doutes. Des frissons traversaient tout son être rien qu'à imaginer la tête de son amoureux quand elle lui annoncerait la plus belle des nouvelles. Elle en était tant excitée qu'elle resta éveillée jusqu'au petit matin. De bonne heure donc, avec un large sourire et des étoiles plein les yeux, elle arriva au cabinet de son gynéco avant de réaliser qu'il ne débutait les consultations qu'à neuf heures. Ce fut la plus longue attente de sa vie, un véritable chemin de croix, si bien qu'elle ne parvenait plus à tenir sur son siège. Quel bonheur ce serait que de porter une vie dans ses entrailles ! Elle en vibrait d'émotion.

Au fil des minutes cependant, l'attente devenait de plus en plus perçante. Une impatience meurtrière la consumait au point qu'elle ne quittait pas d'une seconde son poignet du regard. À son grand soulagement, le médecin l'invita enfin à le rejoindre. La consultation ne dura qu'une demi-heure avant que Zoé ne découvre avec amertume le cynisme glacial de la vie. Elle qui s'était vue portant un tout petit être innocent et fragile, fruit de l'amour inconditionnel qui la liait à Kyle, dut, la mort dans l'âme, revoir sa copie, ranger ses rêves et se disposer pour des analyses. La plus extraordinaire des aventures ne semblait pas pour si tôt. Le joli ventre rond qu'elle s'imaginait arborer et les milliers d'articles de puériculture qu'elle comptait acheter n'étaient probablement pas pour cette fois. Pour l'heure, son médecin l'envoyait vers des spécialistes pour des tests plus poussés afin de dissiper toutes ses appréhensions et affiner son diagnostic.

Zoé ressortit du cabinet vide et dépourvue de tout. L'enfer pour elle débuta ainsi comme dans un mauvais rêve. En l'espace de deux semaines, un vocabulaire nouveau fait de mammographie, d'échographie et de biopsie vint bouleverser son existence et bafouer toutes ses espérances avec à la clef un verdict sans appel. La joie de vivre se transforma en une souffrance sans proportion. Le monde de Zoé s'écroulait ! Tout s'effondrait sans tenir compte de ses larmes ! Elle avait sonné l'heure de classer aux oubliettes ses projets de mariage et de maternité pour consacrer toute son attention à une volumineuse tumeur qui elle, grossissait dangereusement.

Le spécialiste analysa avec elle l'ampleur de son mal et lui conseilla avec prudence la nécessité de se faire enlever le sein droit infecté. Zoé cauchemardait, c'était une certitude. Sinon, de telles horreurs ne devaient pas être en train de lui arriver. Du reste, elle préférait crever dignement que de sacrifier l'essence même de sa féminité à un quelconque cancer. Pour rien au monde, elle ne livrerait au bistouri son envoûtante poitrine dont raffolait Kyle. Plutôt mourir que de lui céder le moindre de ses nichons qui faisaient le charme de sa beauté.

Désemparé par son catégorique refus, le spécialiste lui expliqua le danger encouru. Elle n'aurait pas plus de six mois à vivre. Mais Zoé demeura intransigeante. Point question de céder mais plutôt préparer secrètement et dans la dignité ce grand voyage à la conquête de l'inconnu. Toutes les nuits, elle pleurait en silence quand elle se retrouvait seule ou en cachette sous les draps lorsque Kyle dormait à côté d'elle. Malgré d'intenses prières silencieuses, son cœur ne consentait toujours pas à partir pour ce paradis d'où jamais l'on ne revenait. Jour après jour, à l'abri des regards, Zoé vivait discrètement cette angoisse permanente pour ne pas alarmer, blesser et faire d'autres malheureux. Elle n'avait pas besoin qu'on la plaigne ou qu'on s'apitoie sur son sort. Et chaque nouveau jour vécu risquait d'être le dernier dans l'attente de la saison des adieux qui, à pas de géant, se rapprochait considérablement.

Chapitre 22

1/

Ce matin-là, point besoin de signifier la lourdeur du jour. Le ciel, sombre et nuageux, semblait porter en son sein le poids des innombrables dégâts causés par le retentissant orage de la veille. Dégoûtée, Sandra entendait encore son grand cri lui déchirer le cœur, obscurcir ses pensées et ébranler tout son monde. Telle une veuve éplorée n'ayant plus la force de puiser la dernière larme dans les profondeurs de son âme défigurée, la mère de famille gémissait en silence.

Jamais, elle ne s'était imaginée aussi misérable et à plaindre qu'aux ultimes heures de cette nuit épouvantable. La trahison de Debasse était une pilule impossible à avaler. Elle l'avait là, bloquée au travers de la gorge avec son goût dégoûtant.

En effet, Sandra ne revenait toujours pas du spectaculaire effondrement de sa famille, le temps d'une seule et unique soirée seulement. Bien une réalité mensongère que ce brutal passage de l'incroyable anniversaire d'Ilyona, sa petite fille adorée à la déchéance nauséabonde de Debasse, cet infâme monstre. Difficile pour elle, ce matin encore de se faire à l'évidence de s'être fait tromper comme une idiote par un homme que finalement elle ne connaissait pas. Comment avait-elle pu vivre une trentaine d'années auprès d'une telle ordure sans se rendre compte qu'il ne méritait pas son amour et sa confiance ?

Et tous les mensonges que Debasse lui avait fait ingurgiter sans sourciller remontaient à la surface comme des débris naufragés. Horrifiée par la puanteur de ces monstruosités, Sandra s'affaissa sous le regard médusé de Kathleen, cette épaule inébranlable sur laquelle elle pleurait depuis de longues heures déjà. De ses lèvres tremblantes, elle appelait son amie au secours pour l'aider à souffler, à libérer son être de la vague de confusion qui l'avait engloutie et à soigner son âme fendue. Sauf que pour cette fois, Kathleen ne semblait guère être assez armée pour lui donner véritablement le réconfort recherché ou encore l'ombre de la minime réponse espérée.

En effet, à l'image de Sandra, elle était tout aussi bouleversée qu'impuissante. Elle parvenait difficilement à résister aux larmes de Sandra. Entre les siennes, dans des sanglots étouffés, elle essayait tant bien que mal de la calmer et lui assurer que les choses finiraient par s'arranger. Pourtant, ses mots la trahissaient car Debasse était son modèle, le prototype même de l'époux parfait. Son infidélité la détruisait personnellement et remettait toutes ses assurances en cause. Que les hommes étaient pitoyables ! Dieu, qu'elle donnerait tout pour consoler Sandra et ses enfants de la catastrophe qui leur était tombée sur la tête. Elle donnerait tout pour ne point voir son amie aussi affligée et malheureuse. Il lui en était témoin ! Elle donnerait tout pour effacer de leur mémoire et de celle des autres invités de la soirée la dernière demi-heure de l'anniversaire d'Ilyona. C'était une descente aux enfers qui n'aurait jamais dû se produire. Quelle affliction ! Quelle chute !

Rien que d'y penser, Sandra avait des frissons et le cœur qui battait à vive allure. Combien de fois Debasse s'était-il payé sa tête pour se retrouver avec sa maîtresse, se délecter de ses rondeurs sans se soucier de l'amour fou qu'elle lui vouait ? Sûrement des milliers de fois ! Comme une idiote, elle s'était toujours refusée à affronter la vérité, à oser voir bien plus loin que le bout de son nez. Comme une idiote, elle avalait tous les bobards qu'il lui racontait au mépris même de son intelligence et de son intuition féminine. Ne lui était-il pas arrivé certaines fois de pressentir que Debasse lui mentait ? Plus d'une fois en effet, mais en épouse modèle, elle avait toujours préféré lui faire confiance.

— Tu n'as pas à t'en vouloir ma puce, la confiance est la base d'une solide histoire d'amour, la reprit doucement Kathleen.

— Je ne le crois pas. Le résultat est là. J'ai assez dormi sur mes lauriers. La confiance n'exclut pas le contrôle. C'est là que j'ai fauté, répliqua amèrement Sandra.

— Tu n'as aucune responsabilité dans la trahison de Debasse. Tu es une épouse exceptionnelle, renchérit Kathleen en obligeant son amie à la regarder.

Soudain, Sandra eut un sourire. Son amie avait entièrement raison. Pourquoi pleurait-elle ? Pour Debasse ? Parce qu'il la trompait depuis des années avec une bimbo et peut-être même avec bien d'autres pétasses encore ? Non ! Un salaud de sa trempe ne méritait pas qu'elle gaspille ses précieuses larmes. Ne venait-il pas de lui prouver qu'ils étaient bien différents. Elle, Sandra était une femme, une vraie, une épouse exceptionnelle, fidèle et aimant avec le cœur. Lui, n'était ni plus ni moins qu'un couillon ne pensant justement qu'avec ses couilles, le cœur porté par la jouissance quant à descendre plus bas que terre.

Sandra se leva d'un bond et sécha ses larmes du revers de la main. Kathleen la dévisagea fortement surprise par son attitude ne sachant trop si elle devait s'en estimer heureuse ou redouter le pire. Son amie la rassura. Tout allait bien. Debasse n'en valait pas la peine. Certes, il lui avait planté un couteau dans le cœur et elle en saignait encore mais il pouvait avoir la certitude que, quand elle se serait vengée, la mort serait un délice qu'il ne pourrait obtenir ni par les supplications, ni la prière ou même le jeûne. Elle se promettait de lui faire vivre un enfer inoubliable. Kathleen pouvait la croire. Elle ferait payer à Debasse chacune des gouttes de sang qu'il lui faisait verser même si pour y arriver, elle devrait y laisser sa propre vie.

2/

Quand Ilyona ouvrit les yeux, elle rencontra le doux regard caressant de Florian qui la couvait. Jamais auparavant, il ne lui avait été donné d'éprouver un trouble aussi beau. Sans prononcer le moindre mot pouvant trahir ses émotions, elle plongea son regard dans le sien, le gratifia d'un lumineux sourire, celui-là que revêt une femme amoureuse pour allumer le cœur de son prince charmant. Elle sentit dans le silence de cet échange délicieux mieux qu'une tendre caresse ; plutôt une vive décharge de sensations rares qui dévoraient son être et dénudaient son corps brûlant de désirs interdits.

En effet, Ilyona était conquise. Florian était bien différent. La veille, d'aucuns auraient profité de l'ivresse de son âme pour la sauter sans se faire prier. Mais le jeune homme s'était juste contenté de la mettre délicatement au lit après lui avoir chanté une douce berceuse puis de se trouver un refuge discret dans le canapé d'à côté sur la pointe des pieds de peur de la réveiller.

Pourtant, Ilyona aurait accepté volontiers qu'il se glissât dans son lit, s'activa à la dévêtir de sa robe de soirée, à rouler sa petite culotte sexy et à explorer tous les détails de sa nudité en chaleur. Certes, cette audace ne lui aurait nullement déplu ! Mais elle était encore sous le charme du parfait gentleman qui ne jugea pas opportun de profiter de son moment de vulnérabilité pour coucher avec elle. En cela, il méritait son respect. La réserve dont il avait fait preuve confirmait sans l'ombre d'un doute que Florian était un prince et son prince à elle.

Mieux encore, lors de l'effondrement de sa famille, il lui avait manifesté une sollicitude épatante qui valait plus que tous les trésors du monde réunis. Les yeux fermés donc, elle confiait désormais la clef de son frêle cœur à cette âme providentielle qui fit siennes ses douloureuses larmes et son atroce déchirement.

— Je t'aime Florian, murmura-t-elle tout doucement comme pour taire enfin le vacarme du silence qui bondait la chambre. Surpris par cette déclaration inattendue, ô combien belle, sonnant comme une symphonie de délivrance aux nuits de détresse et de fébrilité, Florian sentit une paix profonde remplir son être. Il baissa les yeux déjà mouillés de larmes. Lui, que la vie avait forgé à fort prix à ne plus pleurer, à ne fléchir jamais plus devant aucune épreuve, il comprenait là par la violence de ses sentiments à l'égard de cette jeune femme et la sincérité qu'elle lui manifestait, qu'il n'y avait que l'amour pour vaincre les cœurs rigides, même d'acier. Dieu qu'il l'aimait ! Oui, il l'aimait de tout son être, de toute son âme et de toutes ses forces ! Mais il ne le lui révélerait pas. Il ne se lâcherait pas en lui livrant son unique possession, sa nouvelle espérance. Le goût du chagrin, de la résignation à laisser partir une à une les personnes qu'on aimait, il ne le connaissait que trop bien.

Ilyona le comprit dans son regard. Il n'avait pas à s'en faire. Elle n'avait pas besoin qu'il lui réponde qu'il l'aimait aussi. La lueur qu'il dégageait suffisait pour entendre la voix de son cœur et le lui révéler. Du reste, elle savait tout ce dont tous deux mouraient d'envie. Elle connaissait le besoin qui les consumait. Aussi se leva-t-elle du lit pour le retrouver dans le canapé. Ils échangèrent en silence un regard, un sourire complice et elle coucha sa tête sur son épaule. Elle s'y sentait bien. Lui aussi adorait cette étreinte extraordinaire. C'était si pur, si innocent, si imaginaire !

Le tumulte du silence reprit son manège tandis que leurs deux cœurs, battant à l'unisson, hésitaient encore à se mêler, se laissant consumer à souhait par la hantise du tout premier baiser. La veille, Ils y étaient presqu'arrivés. D'ailleurs, les choses se seraient déroulées comme Ilyona les avait projetées. Ils se seraient réveillés entièrement nus, enlacés l'un dans les bras de l'autre, épuisés par une torride nuit d'amour. Ça aurait été une nuit inoubliable, le plus beau des cadeaux d'anniversaire, indépendamment de la nouvelle voiture reçue des parents. Mais le destin avait décidé qu'un enregistrement mystérieux passerait par là pour tout foutre en l'air. La jeune femme se mordit amèrement les lèvres en se remémorant la fin cauchemardesque de sa soirée de rêve.

En effet, un peu après quatre heures du matin, Ilyona avait reçu une quantité incroyable de cadeaux. Puis, le DJ avait invité tout le monde à se réunir autour de la piscine extérieure pour une surprise. À la stupéfaction générale, la jeune femme découvrit la voiture de ses rêves avec une immatriculation à son effigie. Elle se souvint avoir fondu en larmes, étreint sa famille, formulé des remerciements à l'encontre de tous. Et comme dans un cauchemar aux applaudissements suscités par sa prise de parole avait suivi l'effroi qui glaça tous les sangs. L'enregistrement des aveux de Debasse, ivre de jouissance, se faisait entendre dans les puissants baffles de toute la maison en une suite de gémissements, de soupirs, de hurlements et de grognements dignes d'un film interdit aux moins de dix-huit ans.

Devant l'impuissance du DJ à arrêter rapidement la diffusion, les aveux passaient en boucle de sorte à s'imprimer fidèlement dans les cœurs et à lever toute forme d'ambiguïté. Ainsi, l'on entendit à l'unisson, Debasse confier à une femme mystérieuse qu'elle était la prunelle de ses yeux, l'amour de sa vie, qu'il l'aimait plus que tout au monde et que c'était délicieux de lui faire l'amour, d'être en elle et de sentir ses caresses et le frémissement de son corps...

Kyle s'était hâté de venir à la rescousse de son géniteur en actionnant le disjoncteur. Mais bien trop tard hélas. De tout côté, l'on palpait le malaise malgré la profonde obscurité dans laquelle l'assemblée toute entière avait été plongée. Le mal était déjà fait. En effet, tous avaient identifié assez aisément l'authenticité de la voix de Debasse, et les circonstances dans lesquelles toutes ces paroles avaient été produites. Ainsi donc, derrière la pudeur du couple modèle, Debasse et son épouse enregistraient leurs ébats amoureux. Sauf que son épouse ne se reconnaissait ni dans la scène obscène écoutée ni dans les déclarations de Debasse. Sa liaison secrète venait d'être mise à nu devant la face du monde. Ce fut un silence de cimetière ! Point de grands murmures pour commenter le scoop du siècle encore moins d'insultes ni de larmes incontrôlées d'une épouse trahie et meurtrie. Tout était silence !

Ilyona se souvint s'être effondrée dans les bras de Florian et de l'avoir supplié, en larmes, de la raccompagner dans sa chambre par une porte extérieure. Quelle confusion ! Quelle honte ! Effarée, la jeune femme ne réussissait pas à faire un pas. Elle tremblait de la tête aux pieds si bien que Florian dut la porter comme une nouvelle mariée tandis qu'elle continuait de pleurer sa douleur et sa peine. Comment affronter à nouveau la masse de regards des invités qui s'en allaient avec des sentiments mitigés, rieurs pour certains, compatissants pour d'autres et perplexes pour les indécis ? Ilyona ne comprenait pas, ne réalisait pas.

Dans la chambre, Florian tenta le tout pour le tout pour la soulager. Compatissant, il usa de mots doux pour panser ses blessures et de stratagèmes pour diluer sa désillusion. Ni parvenant pas, il essaya l'approche de confidences croustillantes pour la captiver. Cette dernière entreprise paya. En effet, au cœur de ses larmes rebelles, Ilyona le dévisagea en fronçant les sourcils avant d'éclater de rire, un fou rire qui égaya son visage et l'âme de Florian. Quelle histoire que de l'imaginer l'amante de Debasse alors que tous deux ne passaient qu'un moment de retrouvailles entre père et fille au glacier ! C'était la meilleure ça ! Elle, la maîtresse de son père ! La jeune femme n'en finissait pas de se marrer alors qu'il lui racontait son chagrin. Il lui narra à la suite une tonne d'histoires comiques à l'enivrer de rires jusqu'à ce qu'un sommeil libérateur vienne l'aider finalement à poser sa tristesse au pays des rêves.

Ilyona eut un sourire en repensant à tout cela. Bien des choses s'étaient déroulées la veille seulement. Des Bonnes et des mauvaises. Tout un cocktail avec sa somme de revers, de travers et de bonheur. Là, elle avait envie d'y ajouter ce tout autre ingrédient, en prenant sur elle, à cette heure, l'initiative d'écouter son cœur, de se laisser conduire par ces sensations étranges jamais ressenties et d'embrasser Florian. Et si cela prenait des proportions non envisagées, elle assumerait comme une grande. L'on ne vivait qu'une fois. De plus, elle avait vingt ans. Pourquoi ne pas oser une p'tite folie ? Alors, la jeune femme se redressa, leva les yeux et fixa Florian. De cette tendre communion, cet irrésistible échange, ils surent que cette heure-ci était écrite pour eux bien avant la création du monde, qu'ils n'y échapperaient plus, que cette force qui liaient leurs deux êtres fébriles, affamés d'une même faim, déshydratés par une même soif, était beaucoup trop puissante pour espérer encore résister. Comme des condamnés à perpétuité, le cœur battant de façon irrationnelle dans tous les sens, dont l'unique survie ne réside que dans la mort, ils s'élancèrent presque les yeux fermés et embrassèrent cette brûlante inconnue. Ce fut long, langoureux et divin. Le souffle de plus en plus court, ils répétèrent l'expérience sans retenue jusqu'à faire sauter toutes les chaînes de la pudicité.

Chapitre 23

1/

Debasse passa la nuit là. Il n'avait pas bougé du bureau de sa résidence où il s'était enfermé après l'explosion de la bombe de Prunelle. Lui, qui d'ordinaire avait le contrôle de tout, le ciel lui était tombé sur la tête, sur ses propres fondations. Il en ressentait des frissons d'horreur. Pouvait-il exister pire humiliation que celle qu'il venait de subir et d'infliger à sa famille ? Pourquoi Prunelle avait-elle décidé de descendre à un niveau aussi méprisable ? Quel mal lui avait-il fait à part les libérer tous deux d'une prison dans laquelle ils s'étaient enfermés en adultes responsables et consentants ?

Dans un silence conforme à son précipice, l'homme scrutait le ciel, l'implorant de lui prédire toutes les tempêtes à venir. En effet, il n'ignorait pas la promesse de Prunelle. Elle avait décidé de lui faire vivre l'enfer et il constatait à ses dépens qu'elle était véritablement en train de la tenir. Il avait pu lire dans le sourire qu'elle afficha lors du passage du foutu enregistrement qu'elle n'en avait pas encore fini avec lui. Cela n'était d'ailleurs qu'un bout de sa vengeance. Mais alors, jusqu'où pourrait-elle être capable d'aller pour arriver à ses fins ? De quelles preuves matérielles disposait-elle encore ?

Si elle avait réussi à pénétrer dans sa résidence et à balancer ce sordide enregistrement, de quelles autres manœuvres pourrait-elle être encore capable ? Debasse soupira en songeant aux réponses que lui donnait son esprit tourmenté. Il serra fermement les poings espérant pour elle qu'elle s'arrêterait à cette seule et unique sottise sinon, il se défendrait. Jamais il ne la laisserait l'exposer à la vindicte populaire, briser sa famille et le faire couler. C'était une question d'honneur ! Son nom n'était-il pas une référence internationale et la fierté de toute une jeunesse ?

Lui vint ensuite le regard terrifié de Sandra à l'écoute de la bande. Jamais, il n'oublierait la chute vertigineuse du petit nuage à l'immense vide de cette épouse irréprochable. Elle était tombée sans résistance aucune comme un avion incontrôlable. Elle était dévastée, anéantie et Dieu seul sait combien il le regrettait. Pis, elle n'avait dit mot ! Et le silence de son regard lui pesait plus d'une tonne. Comment réagirait-elle dans les heures à venir ? Que déciderait-elle ? À genoux, il la supplierait de lui pardonner quitte à lui offrir le ciel, les nuages et le paradis. Il lui donnerait tout pourvu qu'elle ne le quitte pas. Jamais il ne l'avait autant aimée que ces dernières heures.

Debasse entendit toquer à la porte. C'était Andrew et Kyle. Il eut subitement une sueur froide ne sachant comment affronter les garçons et leur petite sœur. Ils les avaient tellement déçus. Pour être arrivés à le retrouver dans sa cachette, ils l'avaient cherché certainement partout. Aussi conclut-il que le temps d'affronter le jour d'après avait sonné. Fuir ou se cacher n'était plus la solution.

Le visage fermé, l'homme se passa les mains dans les cheveux et ouvrit la porte d'une commande. Les deux jeunes gens entrèrent et refermèrent derrière eux.

— Maman vient de s'en aller avec tante Kathleen, annonça Kyle en s'asseyant dans le fauteuil en face de son père. Debasse laissa échapper un soupir. Du regard, il invita Andrew à s'asseoir mais le jeune homme préférait rester debout. C'était moins stressant à supporter.

— Allez p'pa, tu vas t'en remettre, répondit-il plutôt avec un sourire espérant détendre son père qu'il découvrait fébrile pour la toute première fois de sa vie.

— Andrew et moi avons longuement parlé. Il faut que tu te remettes de tes émotions pour sauver ton couple, rassurer ton épouse blessée, et protéger ta famille des agissements de cette lionne désemparée. Pour ma part, je me réjouis déjà que tu m'aies écouté en arrêtant cette liaison sinon ce moment de faiblesse qui ne t'honorait pas, renchérit Kyle. Debasse eut un sourire. La menace de Prunelle était réelle. Même les garçons la redoutaient. Il trouvait tellement de sagesse dans les propos de ses héritiers qu'il sentit ses yeux le picoter. Mais un père, ça ne pleurait pas. C'était un héros qui prenait tout sur soi pour le bonheur des siens. Aussi leur confessa-t-il s'être égaré, tout en les suppliant de lui pardonner cette déroute. Les enfants échangèrent une demi-heure durant avec leur géniteur, puis prirent congé de lui. Que dire de plus à ce père dont ils avaient été toujours si fiers à part l'exhorter vivement à circonscrire l'incendie produit par son indélicate infidélité ? Sinon comment le condamner sans avoir mal ?

2/

Le jour, en cette matinée-là, lorsque Prunelle émergea de son abandon des bras de Morphée, parut aussi magnifique que la fusion de sourires angéliques de radieuses pierres précieuses. L'exploration de l'univers des rêves en sa compagnie n'aura duré que deux petites heures mais la jeune femme se sentit la forme d'Hercule et la liberté d'une âme volatile touchant les nuages de ses ailes. Elle était tellement heureuse et comblée qu'on eut comparé son attitude du jour à celles de ces matins lointains où tels de lumineux rayons de soleil, l'amour de Debasse apportait encore de la couleur à sa vie. Hélas, ces moments extraordinaires étaient désormais bien loin, passés et rangés habilement dans les archives des peines insoupçonnées du cœur. Le Tout-Puissant Debasse en avait décidé ainsi et le lui avait imposé machiavéliquement sans qu'elle n'ait son mot à dire.

Pourtant la jeune femme n'était pas triste à en mourir comme ce fut le cas ces dernières atroces semaines. Non ! Elle avait comme retrouvé son quotidien d'antan, celui de l'amoureuse pleine de vie et d'espérance, sentimentalement, émotionnellement et sexuellement comblée par son Debasse. Comment expliquer le regain d'une sensation pareille alors que d'une part elle n'envisageait point se remettre avec lui et de l'autre, elle n'était pas sans ignorer qu'il la méprisait davantage après sa sortie de la veille ?

Prunelle puisait sa force nouvelle dans la haine. En effet, pour la toute première fois depuis des mois, l'incessant souvenir de cette époque incroyable ne l'émouvait pas. Il ne réveillait en elle aucune détestable nostalgie mais il alimentait plutôt une rancœur ardente et effrayante. Oui, elle haïssait Debasse de toutes ses forces. Sa vie, désormais, ne reposait que sur ce sentiment d'hostilité, qui, elle le réalisait avec satisfaction, l'aidait à oublier et à anesthésier seconde après seconde la terrible douleur présente jusque dans les profondeurs de ses entrailles.

Le grand amour laissait ainsi place à un mépris inqualifiable qui comblait délicieusement son être. Hier, en entamant les prémices de sa vengeance, elle avait joui d'une jouissance extrême, un orgasme jamais procuré par aucune des plus belles performances de Debasse. Hier, en effet, elle avait pris un véritable pied d'enfer en le voyant s'effondrer, lui, sa femme et ses enfants. Vivre pour elle ne rimait désormais qu'à leur ôter toute envie de vivre. Elle les détruirait comme Debasse l'avait détruite elle, jusqu'à ce qu'ils se retrouvent au fond du gouffre, perdus et désorientés. Elle n'aurait de repos qu'une fois que l'homme mesurerait à ses frais ce que cela impliquait de perdre ses illusions et de voir ses fondements lâcher.

La jeune femme se leva du lit avec le sourire en songeant à la prouesse dont elle avait fait preuve la veille pour entamer son impitoyable vengeance à l'encontre de Debasse. Désormais, elle en avait la preuve.

Bien redoutable une femme trahie, blessée dans son amour-propre et bafouée dans sa dignité. C'était là un cocktail explosif pour faire d'elle une femme maléfique et une ennemie dont Debasse et sa famille auraient dû se priver ! Il était bien trop tard hélas pour espérer trouver une issue sans être emportés par les flammes dévastatrices de son mépris, ce sentiment-là même qui tenait indéniablement les rênes de sa vie.

Le visage rayonnant de malice, elle se libéra de sa robe de nuit et se fit couler un bon bain. Emportée par ses chansons préférées qu'elle fredonnait en silence, la jeune femme revit le regard insistant du DJ la déshabiller. D'abord, elle s'en offusqua vu qu'il était en galante compagnie. Que comprendre aux hommes et leurs pathologies innées à fantasmer sans relâche sur une nouvelle conquête à mettre dans leur lit ? Il lui vint à l'esprit que bien des fois, tandis que Debasse lui faisait l'amour, lui murmurait de belles choses, il pensait sûrement à son épouse. Et il lui suffisait de voir leur complicité du moment pour s'en convaincre. Noire de jalousie et voulant ramener Sandra sur terre, elle décida alors de lui faire écouter à une échelle plus large, les témoins étant toujours nécessaires, l'un des enregistrements des ébats de Debasse et elle.

Une fois l'affaire conclue dans son cœur, Prunelle entreprit de répondre favorablement aux flèches de son admirateur de DJ. Elle lui tendit la perche en essayant de le séduire à son tour par des jeux de regards et de sourires au point de le convaincre que la prise pendait à l'hameçon et qu'il terminerait la soirée avec elle comme copilote pour un voyage céleste. Qui pouvait prétendre apprendre la grimace au vieux singe ? Prunelle s'était même aventurée dans sa cabine pour échanger quelques mots, puis les numéros de téléphone.

La jeune femme pouffa de rire en repensant à la suite des évènements.

Retournée à sa table, elle avait poursuivi son jeu de séduction en envoyant un premier message savoureux à son DJ.

De son siège, elle pouvait imaginer son excitation, bavant sur sa belle plastique comme un chien devant un os. Bien pitoyables les hommes ! L'enfoiré de DJ qui s'imaginait déjà se la faire à en juger par ses textos pervers, n'hésita pas à lui donner le planning de la soirée et un accès complet à son ordinateur dans lequel elle s'introduisit discrètement plus tard pour reprogrammer la playlist de l'anniversaire et balancer l'enregistrement atomique.

Prunelle avait fini de prendre son bain. Elle s'habilla d'un nouveau tailleur qui lui allait à la perfection et se rendit au boulot. Il fut un temps, elle s'était perdue à l'écoute de son cœur pour l'amour d'un homme qui n'en valait pas la peine, mais l'incroyable anniversaire d'Ilyona l'avait aidée à se retrouver. Il était temps de réécrire l'histoire de sa vie nouvelle avec une encre sans tâche. Pour se faire, elle se donnait deux semaines pour régler le compte de Debasse, disloquer entièrement sa famille et prendre enfin des vacances pour une destination de rêve d'où l'amour pourrait l'attendre. Sait-on jamais…

Chapitre 24

1/

Max le DJ était rentré un peu après cinq heures du matin. Après le malaise causé par la diffusion de l'enregistrement à scandale, la fête s'était vue achevée. N'osant affronter le regard d'Andrew, qui avait sollicité ses services, il avait vite fait de ranger son matos et de s'éclipser.

En chemin, il tenta en vain de joindre Prunelle, encore qu'il n'eût pas son vrai nom encore moins son numéro de téléphone usuel. Tout devenait assez clair dans sa tête. Cette belle inconnue s'était jouée de lui pour gâcher la soirée d'Ilyona en faisant croire qu'elle le kiffait. Il laissa échapper un rire amer. Dire qu'il s'était rangé après son dernier passage au cachot ! Voilà qu'une pimbêche venait le provoquer. Il espérait pour elle qu'elle ne le prenait pas pour un con, que son numéro serait joignable et qu'ils feraient toutes ces choses qu'ils s'étaient envoyées par texto au risque de devenir très méchant et de lui faire avaler ses nichons.

S'était-elle assez renseignée sur son compte pour s'en prendre à lui ? Il ricana en la relisant. En effet, Max était un voyou récidiviste qui avait fait plusieurs fois de la prison pour vol avec violence, le dernier s'étant soldé malheureusement par la mort de sa victime. Attaquée avec une arme dans un parking elle avait refusé de lui céder son sac à main contenant plusieurs liasses de billets retirés à la banque. La police lui mit le grappin dessus et il fut écroué pour 15 ans de prison.

À sa sortie, il y a un an, il s'était investi dans le monde de la nuit dans plusieurs boîtes de la ville jusqu'à décrocher il y a deux mois, le poste de DJ en chef dans la discothèque en vogue de la nuit abidjanaise. Il était donc un dur à cuire et Prunelle ne savait aucunement l'enfer dans lequel elle avait mis les pieds. Tout ce qu'il voulait, il l'arrachait de force et elle l'apprendrait à ses dépens.

Une fois à son appartement, ne parvenant toujours pas à joindre Prunelle, il ouvrit son armoire, sortit la coke et fuma jusqu'à ne plus sentir ses jambes et son corps. Il s'écroula dans son canapé et s'endormit dans un univers merveilleux.

2/

Après l'échange avec son père, Andrew se rendit à l'appartement de Max afin de tirer au clair la diffusion de l'enregistrement à scandale. Le jeune homme était visiblement prêt à en découdre avec ce dernier estimant qu'il lui devait une explication. À destination, il monta l'escalier en courant, parvint au troisième étage, sonna d'une main tout en frappant la porte violemment du poing.

Max se réveilla en sursaut, rangea rapidement ses papiers à rouler et son sachet de cannabis, puis ouvrit à Andrew qui piaffait d'impatience.

— Je crois que tu me dois une explication, entama-t-il en s'invitant à entrer. Max le dévisagea d'un air surpris. Certes, la pièce répandait dans ses moindres recoins l'odeur du chanvre fumé mais Andrew se mettait le doigt dans l'œil s'il espérait ses aveux. Il avait beaucoup trop souffert pour avoir ce boulot et il n'était point question de le perdre et de retourner dans la galère d'un ex-tôlard.

— J'ai bien peur de ne pas vous suivre boss, répliqua-t-il feignant d'être toujours ensommeillé.

— Comment t'es-tu procuré l'enregistrement impliquant mon père, que tu as fait écouter hier à tout le monde ? Ragea Andrew en frappant du poing le meuble du salon.

— Je vais tout vous expliquer, reprit-il. Voilà que cela était clair. Loin de se préoccuper du fait qu'il ait replongé dans la drogue, Andrew se permettait de le trouver à son appartement et troubler son repos pour avoir des informations sur cette femme. Celle-là, elle ne perdait rien pour attendre ! Aussi, confia-t-il au jeune homme toute l'histoire sans en omettre un détail.

— C'est la meilleure ! Tu t'es donc fait amadouer comme un vaurien par une connasse pour mettre la vie de ma famille en péril ? demanda le jeune homme en colère.

— Je vous jure sur la tête de ma mère que je vais la retrouver et lui faire la peau, se défendit-il. Andrew se passa les mains dans les cheveux. Il avait envie de poignarder Max.

— Passe-moi ton mobile. Max s'exécuta.

— Boss, je vous prie de m'excuser, supplia-t-il tandis que Andrew enregistrait le numéro factice de Prunelle.

— Pas besoin Max ! Je ne veux plus te voir dans ma discothèque, t'es viré. Le sang du grand gaillard ne fit qu'un tour, il ferma les yeux pour prendre une bonne inspiration.

— Je vous en prie Boss, ne faites pas ça, murmura-t-il en serrant ses poings de toutes ses forces.

— Tiens, je crois que c'est plus que je ne te dois, fit Andrew en jetant sur le grand colosse une liasse de billets et en claquant violemment la porte. Resté seul, Max poussa un hurlement contenant toute sa rage. Andrew l'avait traité comme un moins que rien à cause de cette femme. Le jeune homme s'était permis de lui parler dessus sans peser ses mots alors qu'il n'avait même pas l'âge de son benjamin. Tout cela par la faute de cette femme. Max était indigné. Il se vengerait de cette pouffiasse de jeune femme et de ce fils à papa d'Andrew. Tous deux le supplieraient à genoux d'épargner leurs vies. Sur ce fait, l'homme se leva, appela quelques amis à lui et alla se doucher pour les rejoindre.

3/

Quand sa secrétaire lui annonça la présence de Kyle Debasse, Prunelle ne sut trop comment réagir. Le recevoir ou ne pas le recevoir ? Elle cogita en une fraction de seconde sur l'objet de sa venue, puis ordonna à la jeune femme de le faire entrer afin de l'écouter.

Le jeune homme prit place dans le fauteuil en face de Prunelle comme il l'avait fait quelques heures plutôt dans l'office de son père. L'atmosphère était tendue.

— Merci de me recevoir sans rendez-vous. J'ai jugé nécessaire de venir vous rencontrer en personne, entama-t-il.

— C'est Debasse qui t'envoie négocier ? Attaqua Prunelle en le dévisageant. Kyle se raidit comme s'il eut reçu un uppercut. Il n'aimait pas trop le ton de sa voix.

— Mon père ne sait pas que je suis là présentement. Je

suis venu de mon propre chef, répliqua-t-il.

— Qu'est-ce que tu veux ?

— Il est vrai que vous êtes une très belle femme, que mon père et vous avez eu une liaison, qu'il a dû vous promettre et vous faire miroiter monts et merveilles, mais c'est fini. Il a repris ses esprits et fait aujourd'hui le choix de sa famille alors je vous conjure de nous épargner votre vengeance.

— Ah bon ?! Écoute jeune homme, ma vengeance n'a même pas encore commencé. Ce n'est pas à toi de me dicter ma conduite. Si Debasse a des choses à me dire, il sait où me trouver. Alors je vais te prier de quitter mon bureau.

— Comme vous voulez ! Je vous ai juste prévenue car je ne vais pas vous regarder impunément troubler ma famille. Sachez que ce n'est pas notre faute si vous n'avez pas su refouler un homme marié.

— Tu sais quoi, Debasse je vais le baiser autant que je le voudrais. Ta famille, je vais la réduire à néant. Tu n'as même pas idée de ce que je vous prépare. Maintenant, sors de mon bureau !

— Je vous tuerai bien avant que vous n'entrepreniez quoi que ce soit. Je suis votre ennemi, notez le bien et ne l'oubliez pas. Vous m'aurez sur votre chemin.

— Je suis tout effrayée, dit-elle en sortant son smartphone et en envoyant séance tenante au jeune homme une vidéo de Debasse à poil sortant de la douche et présentant une érection bien ferme.

— Vous êtes malade, reprit-il dégoûté.

— Peut-être mais ton père, l'est encore plus que moi. Tu n'as pas idée des cochonneries dont je dispose le concernant derrière son costard de luxe. Tu ferais mieux de me tuer tout de suite parce que je vais révéler au monde entier la véritable face de Debasse. Kyle sortit en claquant violemment la porte.

Sur ce, Prunelle appela Debasse pour lui apprendre la visite de son aîné et la vive altercation qu'ils avaient eue. Elle l'informa de tout ce qu'elle envisageait pour le casser. Elle lui prédit la ruine de son mariage, la faillite de sa banque, le mépris de ses enfants, le regard de la société sur sa réelle identité, sa dépression et son suicide.

— Tu sais quoi, tu me fais de la peine. Tu peux faire tout ce que tu veux, envoyer des vidéos à qui cela te chante, les partager avec le monde entier. Il peut m'arriver tout ce que tu as prédit mais je ne retournerai plus jamais avec toi. Je t'ai vomie Prunelle. Tu ne comptes plus pour moi.

Debasse avait coupé la communication. Prunelle n'en croyait pas ses oreilles. Les dernières paroles de Debasse résonnaient comme des coups de marteau sur son crâne. Il ne pouvait pas la vomir. Il n'en avait pas le droit. Elle lui ferait ravaler ses paroles. Il reviendrait à ses vomissures comme un chien errant. Il était temps de lui faire passer un message.

4/

Elle inspira et expira pendant une bonne dizaine de minutes avant d'entamer ce chemin de non-retour. C'était vraiment fini pour que Debasse lui crache au visage qu'il l'avait vomie. Elle lui arracherait bien plus qu'il ne l'imaginait. Il était temps de sortir toutes les cartes pour mettre sa vengeance en œuvre. Ne dit-on pas que les ennemis sont plus proches que les amis ? Elle entra dans son répertoire téléphonique et chercha un numéro.

— Je l'avais enregistré sous quel nom déjà ? s'interrogeat-elle en défilant dans la longue liste de ses contacts. Voilà, je l'ai, fit-elle avec le sourire. Elle lança l'appel le cœur battant d'excitation. Elle n'eut aucune réponse. Elle insista à nouveau sans suite. C'était la messagerie ! Énervée, elle posa son mobile et se prit la tête entre les mains. Elle avait besoin de réagir, de donner une réponse rapide à Debasse. « Je t'ai vomie » ! L'enfoiré, il ne perdait rien pour attendre.

Florian réveilla délicatement Ilyona. Il était plus de onze heures et son téléphone ne cessait de sonner. Certainement que sa famille la cherchait après le trouble de la veille. La jeune femme ne voulut pas sortir de cet univers mielleux que tous deux avaient exploré la veille seulement. Couchée sur la poitrine de Florian, Ilyona se laissait dévorer par le feu de la passion. Elle rêvait encore de baisers fougueux, de caresses qui s'intensifient, de mots, de gémissements, de vêtements qui s'échappent, de corps qui s'unissent, d'elle qui ouvre ses jambes, les yeux fermés pour vivre sa première fois, de lui qui la pénètre délicatement, d'elle qui retient son souffle, de douleur que remplace une extase, de pleurs sans larmes, de jouissances qui s'enchaînent et font perdre la tête et la voix. Quel monde étrange ! Quel monde délicieux ! Ce matin, Ilyona avait honte d'ouvrir les yeux pour affronter le regard de son amoureux, honte d'imaginer que la planète entière faisait l'amour derrière les portes closes. Que finalement, c'était aussi naturel que respirer, manger ou dormir. On n'apprenait ces choses à personne mais tous les connaissaient par cœur. Certains même y excellaient ! À vingt ans, elle venait de franchir un nouveau cap et ce n'était pas l'envie de recommencer qui lui manquait mais peut-être la force. Et là encore, elle avait tout le temps.

— Mon cœur, ton téléphone sonne, insista-t-il. La jeune

femme ouvrit un œil à la suite de l'autre. Ils échangèrent un sourire, un baiser puis elle promena sa main au chevet du lit pour prendre son téléphone.

— C'est un appel manqué de ma meilleure cliente, dit-elle à l'intention de Florian. Il la dévisagea en fronçant les sourcils ne comprenant point de quoi il était question. Elle lui expliqua en deux mots qu'elle gérait une boutique de mode, puis rappela Prunelle avec qui elle papota un bref moment pour convenir d'un rendez-vous dans deux heures à la résidence de celle-ci.

— Dis donc, une cliente qui te commande dix robes de ta nouvelle collection ainsi que des accessoires assortis et une invitation à déjeuner… fit Florian ébahi.

— Je suis une princesse qui a trouvé son prince charmant, et à qui donc tout réussi, reprit tout sourire Ilyona. L'amour de la jeune femme était trop magique pour être vrai. Il l'aimait encore plus profondément après la nuit extraordinaire qu'ils venaient de vivre, si bien que sans dire un mot, il l'attira à lui pour la serrer fortement contre lui comme s'il eut redouté un rêve duquel elle se volatiliserait à son réveil.

Chapitre 25

1/

Zoé dormait dans le canapé quand Kyle rentra à la maison. Il était fort surpris de la voir là à cette heure de la journée mais il ne lui adressa pas une parole.

— Tu ne me salues pas ? demanda la jeune femme en posant le regard sur lui.

— Rien ne t'empêche toi de me saluer, répliqua-t-il en montant à l'étage. Il y avait bien plus sérieux actuellement. De plus, il s'était promis qu'elle et lui, c'était terminé.

Dans la chambre, il ouvrit son placard et se mit à ranger ses affaires dans un gros sac de sport qu'il avait apporté avec lui. Zoé vint le retrouver.

— Tu pars en voyage ? S'enquit-elle curieuse. Kyle eut un sourire. Elle avait raison en quelque sorte. Il partait pour un voyage où il ne serait plus obligé de supporter ses absences, ou de profiter des restes de sa présence. Il s'en allait dans la maison de sa naissance, là où d'heureux souvenirs de son enfance l'aideraient à l'oublier définitivement. Il s'en allait là où il ne se sentirait plus aussi seul que dans sa maison qui le hantait désormais.

— Je rentre chez moi. Tu peux garder la maison ou la partager avec ton amant, déclara-t-il.

— Tu plaisantes ?! demanda-t-elle presqu'à demi-mot.

— Écoute, je n'ai pas envie de faire la conversation avec toi, du coup tu peux penser ce que tu veux.

— Je n'ai pas d'amant, je ne t'ai jamais trompé.

— Bravo ! Mais ça n'a plus d'importance. Je me tire.

Zoé sentit les larmes inonder son visage. En fin de compte, elle y était parvenue. Il s'en allait ! Leur histoire était terminée pour de bon. Le cancer l'avait emporté. Elle descendit en pleurant et se terra dans le canapé. Kyle ne se préoccupa point de son état. Quand il eut terminé de ranger les affaires qui lui tenaient à cœur, il descendit avec son sac, posa ses clefs sur le meuble du salon et s'en alla.

2/

Andrew de son côté n'arrivait pas à canaliser ses pensées. Son âme était beaucoup trop troublée depuis l'échange avec Max. Après plusieurs fausses manœuvres au volant de sa décapotable, il renonça à aller aux cours préférant rentrer tranquillement à la maison. Il aperçut la voiture de sa sœurette s'éloigner au coin de la rue tandis qu'il actionnait le portail d'entrée. Il l'avait ratée d'un cheveu. La maison était calme et vide. Il s'enferma dans sa chambre, alluma sa console et tenta un jeu d'aventure mais il n'avançait point. Il essaya de dormir, sans suite. La tristesse de son cœur était trop grande. Que faire pour combler ce vide immense ? C'est alors qu'il songea à Tracy. La veille, il avait vécu quelque chose de magique même si la fin de la soirée fut un cauchemar. Il ne l'avait même pas vue partir et ne l'avait pas encore appelée de la journée. Il l'appela et l'invita à le rejoindre à la maison.

— Je ne peux pas, je suis au travail, dit-elle. En effet, les appels ne cessaient d'affluer depuis le lever du jour. La rumeur de l'infidélité de Debasse se rependait comme une traînée de poudre si bien que les investisseurs importants appelaient pour se rassurer. Andrew proposa alors de passer la chercher pour déjeuner. Elle trouva sa proposition alléchante mais préféra refuser. Quand Andrew raccrocha, il se posa mille et une questions. Pourquoi refusait-elle une simple invitation à déjeuner ? Était-ce parce qu'elle était vraiment occupée par les déboires de son père ou tentait-elle de lui rendre la monnaie de sa pièce ? Il n'aimait pas trop la sensation que lui faisait ressentir son refus. Il se déshabilla et alla se doucher à la piscine.

Quant à Tracy, elle était tout excitée. Ça lui faisait du bien cet appel et cette invitation d'Andrew. De la veille à cette heure encore, elle pensait intensément à lui, à tout ce qu'ils avaient vécu hier même si le salaud avait préféré la laisser sur sa faim. D'ailleurs, elle l'allumerait et le ferait languir au point où il la supplierait à genoux de céder. Sa part de rêve prenait forme et elle comptait bien en profiter avant que la flamme ne s'estompe. Pourquoi se leurrer ? Les histoires d'amour ne duraient jamais très longtemps. Nombre d'entr'elles se terminaient toujours tragiquement ! Elle avait tellement de peine pour son patron, pour la belle Prunelle et pour la gentille Sandra. Elle aurait tout donné pour aider ces cœurs meurtris mais l'expérience montrait que les peines du cœur ne guérissaient qu'avec le temps. C'était le seul remède en dépit de toutes les formules, tous les conseils et toutes les orientations. Seul le temps guérit un cœur brisé ! Et ce temps-là, elle le mettrait à profit pour déguster chaque seconde de son histoire avec Andrew.

3/

Debasse eut peur de décrocher l'appel de Sandra. Il laissa sonner son téléphone le temps de se préparer à l'affronter, à trouver les mots nécessaires pour la soulager. Dans un profond soupir, il se saisit de son téléphone et décrocha.

— Excuse-moi si je te dérange mais je tenais juste à t'informer que je viens de me trouver un avocat. Avant que le divorce ne soit effectif, je ne veux pas de toi à la maison, annonça-t-elle.

— Sandy, je t'en conjure, ne va pas si vite en besogne. Je vais tout t'expliquer.

— Je n'en ai pas besoin ! Je ne veux ni savoir depuis combien de temps tu me mens et couches tour à tour avec elle et moi, ni savoir comment elle est ou si elle te fait mieux l'amour que moi, encore moins si elle était présente à l'anniversaire. Je ne veux rien savoir. Je veux juste que tu disparaisses de ma vie et de celle de mes enfants. Je veux que tu meures Debasse !

Sandra avait coupé la communication. L'homme tenait encore son mobile quand un mail de Prunelle lui parvint. Il le déroula pour en lire le contenu.

« Tu as intérêt à ne pas me sous-estimer sinon je pourrais être très méchante et te cracher dessus ». Que voulait-elle dire ? Il trouva la réponse dans la vidéo jointe à son mail. En effet, Prunelle et Ilyona déjeunaient devant une bouteille de vin. L'homme poussa un cri d'épouvante. Il appela aussitôt Prunelle mais elle ne répondit pas. Il composa tout tremblant le numéro d'Ilyona. Son téléphone sonna sans suite. L'homme se leva dans un mouvement de panique pour se rendre chez Prunelle. Si jamais elle faisait du mal à sa petite fille chérie, il la tuerait de ses propres mains. Il la tuerait sans aucun remords.

Il descendit en toute hâte au parking, monta dans sa voiture et démarra dans un crissement de pneus sans se rendre compte qu'il était suivi par Max qui l'y attendait depuis un moment pour le conduire à Prunelle.

4/

De l'écran de son téléphone connecté à la vidéo surveillance de sa villa installée à l'instant, Prunelle suivit l'arrivée de Debasse, son hésitation à ouvrir et franchir le portail principal, la descente de sa voiture, son entrée dans la maison. Rien ne lui avait échappé ! La caméra fonctionnait à la perfection. Couchée dans le canapé, elle feignit de regarder la télé.

— Elle est où Ilyona ? demanda-t-il furieux en fonçant sur elle comme un lion.

— Je lui ai fait une injection, elle dort à l'étage, reprit tranquillement Prunelle nullement effrayée par l'attitude de Debasse. À cette réponse et la froideur dont elle faisait preuve, il craignit immédiatement le pire et monta en courant vérifier la présence de sa fille dans les nombreuses chambres de la maison. Il les fouilla une à une jusqu'à la chambre principale où il aperçut Ilyona endormie sur le lit. Il se figea, le cœur cognant fortement dans la poitrine. Il eut comme un passage à vide, ferma les yeux en redoutant le pire. Il eut si peur de la vérité, peur d'approcher sa fille qu'il descendit en toute hâte retrouver Prunelle. Plongée sur son téléphone, elle ne le vit descendre que lorsqu'il s'empara violemment d'elle, la souleva du canapé et la plaqua au mur en un seul mouvement. Elle reçut une puis deux raclées et sans lui laisser le temps de s'en remettre, il serra son cou de toutes ses forces comme s'il eut voulu l'étrangler en moins d'une minute. La jeune femme se débattit comme elle put tandis qu'il serrait encore plus fort. Dans un instinct de survie, Prunelle qui ne parvenait plus à respirer et dont les yeux sortaient de leurs orbites tenta une ultime résistance mais Debasse était beaucoup trop fort pour elle. Il ne lâchait pas prise bien au contraire, il y allait de plus en plus fort.

— Papa, tu vas la tuer, hurla Ilyona que le bruit au salon avait réveillée. C'est alors qu'il la lâcha, réalisant l'horreur qu'il s'apprêtait à commettre. Ilyona descendit en courant secourir Prunelle, écroulée sur la moquette. Dans le regard hagard de son père ne mesurant même pas encore la gravité de son geste, et celui de Prunelle, Ilyona comprit tout. Elle eut peur de son père mais encore plus, elle redouta Prunelle. Jamais, elle n'oublierait le regard qu'elle posa sur Debasse ! Elle portait au cou la rougeur des marques de son animosité, ses yeux s'étaient vêtus de larmes et son être en portait les souffrances mais Prunelle n'avait dit mot, pas le moindre. Quand elle eût réussi à respirer convenablement, elle les abandonna, alla dans sa chambre et ils l'entendirent refermer la porte à clef derrière elle.

Quelques minutes plus tard, Prunelle vit Ilyona se résoudre à quitter la villa, suivie la seconde d'après par Debasse. Elle les observa se disputer assez violemment puis monter dans la voiture et s'en aller. C'est alors qu'elle prit son téléphone pour appeler le guetteur.

— Max, j'ai lu ton texto, j'ai aussi pris la peine de me renseigner sur toi. Actuellement, je sais que tu as suivi Debasse et que tu attends dans une berline blanche devant chez moi, à l'angle de la rue. Je suis en train de t'ouvrir mon portail, viens car j'ai une importante mission qui te rendrait riche et te permettrait d'avoir toutes les femmes que tu souhaites.

Chapitre 26

1/

Cette nuit-là, confortablement installé dans la splendide salle de cinéma de sa résidence privée, véritable havre de paix où logeait tranquillement sa petite famille à l'abri de l'arène impitoyable de la politique, des flashs destructeurs des médias et du virus incontrôlable des réseaux sociaux, le ministre se faisait la toute dernière sortie de sa série préférée, en compagnie de ses bien-aimés. Tous étaient plongés au cœur d'époustouflantes actions qui s'enchaînaient d'un bout à l'autre sans répit quand soudain l'homme reçut un insistant appel téléphonique. Il ne vit et n'entendit pas son mobile sonner dans cette superbe ambiance d'effets spéciaux bluffants mais son épouse à qui cela n'avait pas échappé l'interpella vivement.

À son corps défendant et sous le regard meurtrier de ses rejetons, le ministre mit le film en pause et décrocha. Zoé était inconsolable. Elle ne parvenait point à formuler une phrase correcte et cohérente tant les pleurs et les sanglots l'en empêchaient. Le mobile toujours à l'oreille, soucieux de l'état intriguant de cette âme en détresse, l'homme abandonna sa série et sortit s'affaler dans le canapé de son salon privé, le temps pour lui de trouver une solution. Son épouse l'y retrouva. Un malheur était-il arrivé ? Qui était cette personne dont les pleurs avaient inondé le téléphone de son homme et qui leur volait une fois encore, à ses enfants et elle, ces rares moments de plaisirs et d'intimités ?

Au téléphone, le ministre tentait de calmer Zoé et l'invita finalement à le rejoindre à sa résidence. Mais malgré cette louable initiative, la jeune femme pleurait toujours, gémissait et demeurait de plus en plus inconsolable. Dépité, le cœur lui brûlait douloureusement de l'imaginer verser quantité de larmes ensanglantées. Chacune lui coûtait. Un véritable supplice de l'entendre pleurer, de la savoir aussi étouffée et emprisonnée par ces larmes amères. Un réel coup de poignard de la savoir si malheureuse et affectée. Aussi s'enquit-il de sa position et dépêcha-t-il sur le champ son chauffeur la chercher. Dieu, cette enfant, il l'aimait ! Elle occupait désormais une place de choix dans son cœur. Il s'était attaché et il ne pouvait plus se passer d'elle.

Une fois à la résidence, son épouse et lui calmèrent Zoé et l'encouragèrent à se livrer. Ils lui promirent qu'elle ne s'en sentirait que beaucoup mieux. En effet, elle tremblait, saisie par les transes et les douleurs, se tordant comme une femme sur le point d'enfanter. Au bout de son récit, le film de sa maladie, ses résolutions personnelles et le départ de Kyle, l'amour de sa vie, le couple eut du mal à retenir ses larmes. Une énorme douleur bloquée au niveau de la poitrine les avait étreints vigoureusement et attristait sérieusement leur âme. L'épouse du ministre, fort émotive, alla jusqu'à prendre Zoé dans ses bras telle une enfant, son enfant et la cajola avec tendresse et délicatesse tandis que ses propres larmes, celles-là qui sortent des profondeurs du cœur, celles-là difficilement contrôlables qui coulent comme l'eau d'une source, noyèrent son visage angélique.

Le ministre dut batailler pour consoler les deux femmes. Ce ne fut pas une mince affaire mais une bien rude négociation en vérité. Il y alla avec le cœur, une demi-heure durant. Il était admiratif et de la sensibilité de son épouse, toujours prête à porter le malheur d'autrui, et d'en faire sien, et de la force de caractère de Zoé. Il la respectait pour son courage. Quand il réussit à ramener un semblant d'accalmie, à emmener tout le monde sur le rivage, il ferma les yeux et prit une profonde inspiration. Plus tard seulement, quand les esprits se furent vraiment calmés, il engagea la conversation avec Zoé.

— Ma chérie, je crois que ce n'est pas juste que tu t'obstines à vouloir souffrir seule. Ce n'est pas ta faute cette maladie. Tu n'as rien fait pour, alors tu ne devrais donc pas décider d'en porter toute seule le fardeau, entama-t-il avant de lui expliquer combien la peine s'atténue avec la compassion et la présence des êtres chers. De son plus tendre regard posé délicatement sur Zoé, l'épouse du ministre confirma les propos de son époux.

— Je jure de t'aider à vaincre ce mal, ce meurtrier. Ensemble, nous le neutraliserons et confondrons la grande faucheuse qui s'y dissimule. Tu as ma parole, poursuivit-il d'un ton rassurant et ferme. Un sourire se dessina sur le visage de Zoé. Son cœur détruit et desséché comme une herbe semblait trouver comme une once de verdure dans cette manifestation de l'amour du couple à son encontre.

Jusqu'au milieu de la nuit, le couple expliqua à la jeune

femme combien elle se devait de relever cet autre challenge que la vie dressait sur son chemin dans le combat quotidien contre la mort, cette chose étrangement effrayante, puissante mais contournable. Il lui rappela quelle guerrière elle incarnait et combien la victoire sur ce cancer serait délicieuse vu la robustesse de l'adversaire. Ce fut un échange comme Zoé en avait besoin pour sortir de son gouffre et entrevoir la lumière dans la plus obscure des ténèbres. Le couple avait réussi le pari de lui proposer la vie au détriment de la mort, la lutte en lieu et place de l'abandon et à faire germer dans son cœur, de nouveau enhardi, les graines de l'espérance qui ne trahit pas, qui pousse à aller au-delà du supportable non comme un sot mais comme un déterminé. Zoé dîna avec le ministre et ses enfants, certaine d'avoir repris confiance en elle pour affronter cette nouvelle épreuve qui ne visait à n'en point douter qu'à tester ses résistances. Le couple en était heureux et pouvait même se vanter déjà d'avoir terrassé à l'aide des mots le mal dévastateur qui rongeait la jeune femme.

2/

Une semaine que Debasse avait quitté la maison sur ordre de Sandra. Il n'était point question pour lui de la contrarier ou d'entrer en conflit avec elle. Il espérait de son exil forcé, qu'avec le temps seulement, elle reviendrait à de meilleurs sentiments et lui pardonnerait son attitude. Il n'envisageait pas divorcer et était prêt à lui donner tout ce qu'elle exigerait, tout ce qui pourrait dans la moindre mesure, il l'espérait, l'aider à oublier sa trahison sinon la ranger loin, très loin d'où plus jamais elle ne réapparaîtrait.

De leur côté, les enfants, eux, s'étaient passé le mot et

avaient fait bloc autour de leur mère. Ils respectaient sa décision d'éloigner leur père de la résidence mais plaidaient que cela ne fut que momentané, le temps de maîtriser la tempête, de laisser passer l'orage et surtout ne pas se faire les avocats du diable auprès de cette dernière. Toutefois, ils usaient de stratégies pour faire comprendre à l'infortunée qu'ils ne souhaitaient en aucun cas les voir se séparer définitivement. Le divorce serait un point de non-retour et ils priaient que cela ne fut pas la décision finale à laquelle leurs deux géniteurs parviendraient. Quel déchirement ce serait ! Les exemples n'étaient-ils pas légion ?

Debasse n'aurait jamais dû avoir une liaison. Non ! Rien ne l'excusait. On ne devait pour rien au monde tromper la personne qu'on dit aimer pour la vie, le meilleur et le pire. Aucune circonstance et situation ne sauraient justifier une infidélité. D'ailleurs, il le lui avait promis devant Dieu et les hommes. De ce fait, son acte en plus d'être ignoble était un coup de poignard à l'image du baiser de Judas. Mais tous reconnaissaient à Debasse les aptitudes d'un père irréprochable, aimant, et soucieux du bien-être de sa famille. Aussi se demandaient-ils dans le silence du temps qui passait si au final cette trahison n'était pas en réalité le fruit d'un moment de faiblesse ? Devait-elle nécessairement le conduire au pilori ? N'existait-il aucun péché qui ne fut pardonné ? Debasse était-il homme à duper, à tromper, à manipuler ? La réponse était là ! Les preuves on ne peut plus parlantes. Pratiquement trois ans de mensonges, d'adultère.

Quelles situations embarrassantes ! Quels tiraillements entre douleurs, rages, blâmes, condamnations et compassion ! Les enfants choisirent le temps pour panser les blessures de leur mère, pour assouplir la rudesse de ses décisions priant de tout cœur qu'elle n'aille point au divorce comme elle ne cessait de le seriner. Ils l'encourageaient subtilement à pardonner. Qu'est-ce qu'un couple sans le pardon là où le don de soi n'a pas suffi ? Debasse était allé loin, trop loin, s'était comporté de la pire des manières. Mais Sandra ne devait-elle pas aller aussi loin que lui, au-delà de sa bassesse instinctive en lui gommant son méfait ? D'ailleurs la force d'une âme ne demeurait-elle pas dans sa capacité à pardonner l'inenvisageable ?

Telle était la question qu'elle explorait dans toutes ses proportions depuis la semaine entière. En effet, de son amie Kathleen aux enfants, chacun l'exhortait sans lui forcer la main à étudier sereinement la chose à faire si elle tenait encore au moins un tout petit peu à Debasse, son époux. Elle avait besoin d'être en harmonie avec son cœur et sa conscience et non poser une action pour le regard d'autrui et son acquiescement. Elle avait besoin d'emprisonner en elle tout orgueil pour décider sereinement ce qu'elle envisageait pour l'avenir sans en arriver forcément au point de non-retour trop souvent regretté tardivement hélas par certains couples, déjà trop engagés dans des propos virulents, des faits soufflés, des gestes méprisants qui interdisent toute marche arrière.

Et la vie n'étant rien d'autre qu'une succession d'expériences vues, vécues ou contées, chacun y allait de sa petite histoire afin d'amener la pauvre Sandra à prendre son temps pour décider de l'action que lui dictait véritablement son cœur, de l'écouter lui parler franchement quand elle se retrouvait seule, toute seule dans son grand lit vide, à l'abri des regards, dans le silence de la nuit alors que le beau monde qui l'entourait le jour depuis le malheureux incident s'en était allé à ses besognes, l'abandonnant à son sort.

3/

Andrew et Kyle avaient regagné la maison et leurs chambres respectives pour combler le vide laissé par leur père. Chaque soir, à la même heure, avec Ilyona, ils se rendaient disponibles pour dîner en compagnie de leur mère et l'amusaient à l'aide de blagues délirantes comme par le passé. L'ambiance était parfaite. Tous trois restaient là à materner Sandra jusqu'à ce qu'elle se retire dans sa chambre prétextant souvent un sommeil mensonger. Tous savaient qu'en dépit de tout, Debasse lui manquait beaucoup. Elle n'avait connu et aimé que lui ! Aussi, malgré les efforts qu'elle faisait pour donner bonne impression et feindre son calme, l'on palpait sa grande désillusion et son profond chagrin.

Ce soir-là, comme de coutume, toute la maisonnée accompagnée de Tracy, spécialement invitée par Andrew, était attablée pour le dîner quand une apparition soudaine sur le plateau du journal télévisé de 20 heures, amena les uns et les autres à poser les cuillères et fourchettes et à braquer le regard sur l'écran de la salle à manger. Tout ouïe, ils entendirent Debasse prendre solennellement la parole dans un costume bleu sombre.

« J'ai péché. Trois ans durant, j'ai fait des choses extrêmement répréhensibles dont je ne suis pas fier. J'ai trompé mon épouse. Oui, j'ai rompu le serment de la fidélité promise à cette adorable femme, cette merveilleuse compagne, cette mère extraordinaire. Dois-je dire que je ne le voulais pas, que je ne l'ai pas fait exprès ? Non ! Ce serait un mensonge de trop ! Aujourd'hui, je sais mieux que quiconque que le mensonge est une entreprise dangereuse, une voie sans issue, une prison qui engloutit, lie, et prive de toute forme de liberté. Je suis un homme adultère à qui on doit jeter toutes les pierres. J'en assume l'entière responsabilité. Je ne suis pas un exemple ! Sandra a raison je suis un monstre, bien hideux, je l'avoue !

Toutefois, il existe dans le quotidien de nos vies des faits qui échappent à toute explication. En effet, en moi a surgi un sentiment aussi monstrueux que dévastateur lorsque mes yeux, sur cette jeune femme, se sont posés. Dès cet instant, un vide extrême est né quand je me suis imaginé la vie sans elle. Je ne la connaissais pas, je ne l'avais vue qu'une minute ou deux mais je savais que je ne réussirais pas à vivre sans elle. Le naufrage ainsi a commencé.

À l'écoute de mon cœur, des choses qu'on ne peut expliquer, je me suis égaré et dans ma folie, j'ai entraîné avec moi cette douce âme tremblante, sans défense, au bout d'un jeu de charme auquel elle n'a pu résister. Elle ne demandait qu'à aimer, qu'à m'aimer. Et j'ai profité de sa faiblesse pour en faire une prisonnière, ma prisonnière à qui je jetais par moments des restes de moi, le temps d'une évasion.

Pourtant, jamais elle ne se plaignait. Patiente, elle attendait le jour où je passerais. Il n'y a que l'amour pour faire des captifs sans chaînes, incapables de prendre la fuite. Il n'y a qu'un cœur amoureux pour supporter, dans des larmes silencieuses, la pire des douleurs avec le sourire et rien d'autre. À cette jeune femme donc j'ai aussi fait beaucoup de mal.

Pis, je lui ai haché le cœur avec ma décision de tout arrêter, moi, l'étoile qui faisait briller ses nuits, le soleil dont la clarté illuminait ses moindres rêves. Dois-je dire que je ne voulais pas lui faire de mal ? Bien sûr que non ! Je savais à l'entame de cette histoire qu'elle allait souffrir. C'est pourquoi je le lui concède aussi, je suis un monstre, Prunelle.

Dernièrement, beaucoup de choses sont dites sur mon compte. Des vidéos choquantes risquent de suivre. Tout est vrai ! Il n'y a aucun montage. Je suis un véritable monstre derrière mon visage angélique. Oui ! Il n'y a que des monstres qui brisent sans état d'âme des êtres qui les aiment vraiment.

Ce soir, du fond de mon cœur, je voudrais demander à toutes les deux de me pardonner, de pardonner à ce misérable que je suis et qui ne vous mérite aucunement. Vous êtes deux femmes spéciales qu'on ne peut qualifier avec de simples mots. Je demande aussi pardon à mes enfants et à toutes ces personnes proches ou lointaines que j'ai blessées.

Je ne me sens plus digne de diriger une institution financière aussi prestigieuse que D. Bank. C'est pourquoi je me décharge de toutes les responsabilités qui m'y incombaient jusque-là. Je vous remercie pour votre aimable attention ».

4/

Sandra, émue et attendrie, arrosa ses joues de larmes douces et délicieuses. Elle qui ne croyait plus ressentir une aussi brûlante chaleur consumer ses entrailles, frémissait d'amour pour Debasse en se délectant de ses aveux. Il était parvenu à l'émouvoir et une seule envie lui passait désormais par la tête, le voir et lui crier qu'elle l'aimait plus que tout, lui pardonnait et qu'elle était toute à lui s'il voulait encore d'elle.

— Je vais chercher votre père, dit-elle d'une voix tremblante en se levant de son siège. Les enfants la regardèrent tout joyeux.

— Oh yes ! Jubila Andrew dans un grand sourire pour cacher ses propres larmes.

— Je viens avec toi maman, fit Ilyona en se levant pour rejoindre sa mère qui ne tenait plus sur ses pieds et dont les larmes coulaient de plus belle.

— Il a fait fort Debasse ! reconnut Kyle. La famille se câlina chaleureusement pour ce merveilleux vent de renouveau qui soufflait si agréablement.

La maison s'était vidée de son beau monde. Ilyona était partie avec sa mère à l'hôtel de Debasse pour le ramener à la maison, Andrew et Tracy étaient eux montés roucouler à l'étage comme à leur habitude depuis des jours. Le cœur léger, Kyle regardait la télévision en songeant à l'issue heureuse qui se dessinait dans le couple de ses parents, celui de son jeune frère et même celui de la petite dernière et son mannequin de Florian. Tous volaient finalement sur un petit nuage hormis lui. Une semaine en effet, qu'il n'avait pas de nouvelles de Zoé et seul Dieu sait combien elle lui manquait. Son père dans son discours avait raison. Les flèches de l'amour sont tellement imprévisibles. Il resta là silencieux et pensif quand une réclame sur une croisière l'interpella. N'était-ce pas le moment d'effectuer un voyage pour digérer définitivement son chagrin ?

Il s'imaginait déjà en pleine contemplation de la mer quand la sonnerie de son téléphone le ramena sur terre. C'était
210

le ministre de la Communication qui lui demandait de passer urgemment à sa résidence. Il envoyait même son chauffeur le chercher.

L'heure d'après, Kyle versait toutes les larmes de son corps. Son rival de ces nombreux mois de tourments n'était autre qu'un misérable cancer qui tentait de lui arracher la femme de son cœur. Dans un soupir, il prit sa dulcinée dans ses bras et lui déclara combien il l'aimait.

« Je ne suis pas prêt à te perdre. J'ai besoin que tu croies en nous, que tu saches que je t'aime plus que tout et que cet amour me donne la force de tout supporter avec toi. Je ne te permets plus d'en douter ». Ils s'étaient étreints devant le regard attendri et admiratif du ministre et son épouse. Il leur offrait un voyage tous frais payés dans la destination de leur choix. Avec le sourire, Kyle songea à la croisière de la réclame. Une première prière venait d'être exaucée à peine prononcée. Alors, il les multiplierait afin de vaincre définitivement le cancer de sa Zoé. Il l'aiderait comme un ange gardien à passer tous les examens que nécessiterait son état. Il l'aimerait encore plus même si une mastectomie s'avérait nécessaire et que l'on soit obligé de lui retirer le sein infecté. L'amour qu'il lui vouait allait au-delà de la plastique. Il l'aimerait même si elle perdait ses cheveux. Avec elle, en lui tenant les mains, il irait au bout du chemin jusque-là où l'amour triomphe de tout. Plus amoureux que jamais, ils retournèrent à leur domicile, retrouver leur douillet nid d'amour.

5/

Prunelle appela Max en vain. Le seul numéro qu'elle avait de lui ne fonctionnait pas. Touchée dans son âme par la confession publique de Debasse, elle se sentait la force de tout lui pardonner et de repartir à zéro. Max pouvait garder les millions qu'elle lui avait déjà avancés pour leur projet commun mais il n'était plus nécessaire. Elle lui laissa un message. Il devait la rappeler. C'était d'une urgence extrême. Ne pouvant rester sans rien faire et sentant de plus en plus le danger, elle appela Debasse pour lui conseiller de faire attention que des tueurs étaient à ses trousses. Mais là encore, elle n'y parvint pas. Elle commença à stresser. Elle appela Ilyona. Sans succès. La jeune femme n'avait plus de batterie. Elle appela Tracy. Cette dernière, trop occupée à compter les étoiles avec son prince charmant était sur messagerie.

Prunelle se leva, fit le tour de sa villa. Elle ne voulait plus qu'il meure. Elle l'aimait toujours autant et elle apprendrait à vivre avec cet amour impossible mais elle ne lui voulait plus aucun mal. N'avait-elle pas supprimé toutes les vidéos cochonnes qu'elle avait discrètement filmées ?! Le visage baigné de larmes, le cœur serré par une énorme boule, elle tournait en rond avec la réelle impression de devenir folle. Elle réessaya une seconde, puis une troisième et bientôt une dixième fois de joindre, à tour de rôle, Max, Debasse, Ilyona et Tracy, toujours sans succès. Elle alla à sa cave et sortit une bouteille de whisky qu'elle entama en pleurant. Elle n'était pas une meurtrière ! Elle ne voulait pas qu'il meure !

Au même moment, à l'hôtel, Sandra avait fait préparer la chambre de Debasse pour un dîner aux chandelles. Avec l'accord du directeur de l'établissement, qui n'appartenait qu'à Debasse, elle s'était discrètement introduite dans la chambre de son époux et attendait son retour. Ilyona quant à elle, avait rejoint son amoureux Florian au glacier. Elle l'assisterait dans le service et ils rentreraient ensemble pour sûrement une nouvelle nuit exceptionnelle.

Peu après 21 h 30, Debasse immobilise son véhicule au parking de l'hôtel. Une trentaine de véhicules s'y trouvent déjà. L'homme range dans sa mallette quelques affaires importantes, notamment des dossiers utiles à la passation de charges, en chantonnant. Il entend les notifications des appels entrants et des nouveaux messages mais il ne souhaite pas être dérangé. Il ne veut parler à personne. Aussi éteint-il son téléphone. Une fois le rangement terminé, il descend, ferme la portière et se dirige vers les ascenseurs. Il constate que l'endroit est étrangement mal éclairé et pense à informer son directeur dès qu'il monte dans sa chambre. À peine, fait-il deux pas, que l'ombre d'une silhouette cagoulée lui intime l'ordre de ne plus faire un geste mais de lever les deux mains. Debasse tente de calmer son agresseur mais l'ordre se veut sans appel. Il obtempère et voit son téléphone et sa mallette tomber à ses pieds. Il essaie de comprendre la situation, de demander à la silhouette dont l'arme est fixée fermement sur lui, ce qu'elle veut mais il a le souffle coupé par une première balle qui foudroie sa poitrine. Il recule en cadence, les yeux grands ouverts. Il veut lui demander pourquoi mais à la place des mots coule du sang, son sang.

Debasse n'a pas le temps de réaliser qu'une nouvelle balle lui explose la tête qui part en lambeaux. Il trébuche et tombe de tout son poids. Une gerbe bruyante de sang jaillit brutalement et se propage tout alentour avec rage. La silhouette qui se tient sur sa victime l'observe attentivement rendre son ultime soupir. Satisfait, le tueur s'empare de la mallette et du téléphone ensanglantés et s'enfuit à grands pas dans la pénombre des véhicules.

Imprimé en Allemagne
Achevé d'imprimer en juillet 2023
Dépôt légal : juillet 2023

Pour

Théophile Touali
www.theophiletouali.com